Chère lectrice,

Pour fêter le retour du printemps, cette envoûtante saison porteuse de tant de nouvelles promesses, j'ai le plaisir de vous emmener en Italie. Dans la belle région de Naples où se dresse la somptueuse demeure de Leo Valente, le héros de *Retrouvailles au Castello* (Melanie Milburne, Azur n° 3566), vous plongerez avec délice dans la tumultueuse passion qui unit ce richissime milliardaire et Eliza, la femme qu'il a éperdument aimée quatre ans plus tôt et qui l'a trahi au moment où il lui demandait sa main.

Entre désir et vengeance, je suis sûre que ce roman vous touchera autant qu'il m'a émue !

Je vous souhaite un excellent mois de lecture !

La responsable de collection

La tentation d'Alessandro Moretti

CATHY WILLIAMS

La tentation d'Alessandro Moretti

collection Azur

HARLEQUIN

Collection : Azur

Cet ouvrage a été publié en langue anglaise
sous le titre :
ENTHRALLED BY MORETTI

Traduction française de
KAREN DEGRAVE

HARLEQUIN®
est une marque déposée par le Groupe Harlequin

Azur® est une marque déposée par Harlequin

HARLEQUIN
83-85, boulevard Vincent-Auriol, 75646 PARIS CEDEX 13
Service Lectrices — Tél. : 01 45 82 47 47

www.harlequin.fr

ISBN 978-2-2803-2719-0 — ISSN 0993-4448

A mes trois merveilleuses filles.

1.

Chase Evans repoussa le dossier qu'elle avait ouvert devant elle et regarda sa montre pour la quatrième fois. Déjà vingt-cinq minutes qu'on la faisait attendre dans cette salle de conférences. En tant qu'avocate, elle savait très bien pourquoi. Ce n'était pas difficile à comprendre, à vrai dire : on essayait de l'intimider. Une telle stratégie n'avait rien de surprenant de la part d'une multinationale. Ces gens avaient l'habitude d'obtenir ce qu'ils voulaient.

Chase se leva, s'étira et marcha jusqu'à la baie vitrée pour observer les rues animées de Londres.

A cette époque de l'année, la ville était envahie par des touristes venus des quatre coins du monde, mais dans les bureaux luxueux de AM Holdings, il était facile d'oublier le vacarme et l'animation des rues : il régnait un silence de mort.

C'était une autre tactique d'intimidation… Elle en avait l'habitude, bien sûr, mais elle n'avait jamais été confrontée à une stratégie aussi dissuasive.

Le souvenir de sa première confrontation avec la multinationale la fit sourire. Croyant qu'ils n'auraient aucun mal à acheter le foyer pour jeunes filles de Beth, ses dirigeants lui avaient envoyé le moins expérimenté de leurs avocats, Tom Barry, qui s'était embrouillé presque tout seul dans les problèmes logistiques.

Deux avocats plus aguerris s'étaient présentés au

second rendez-vous. Alex Cole et Bruce Robins avaient bien préparé leur dossier — mais elle aussi. De toutes les affaires *pro bono* dont elle s'occupait, c'était le foyer pour jeunes filles de Beth qui lui tenait le plus à cœur. Les deux avocats d'AM Holdings avaient fait tout leur possible pour le lui arracher. Le foyer — la Maison de Beth, comme on l'avait surnommé — était particulièrement bien situé, dans les quartiers ouest de Londres. Même un spéculateur médiocre pouvait faire fortune en développant un projet immobilier sur ce terrain. Elle avait appris par des bruits de couloir que le groupe AM avait l'intention d'y construire un centre commercial de luxe. Furieuse, elle avait riposté en leur présentant des clauses pointilleuses et d'obscurs précédents. Ils étaient partis en se grattant la tête et en jurant qu'ils reviendraient à la charge.

Elle n'en avait pas douté un seul instant. Son patron avait assisté au troisième rendez-vous. Ils y avaient affronté Leslie Swift, le meilleur avocat d'AM Holdings. Celui-ci avait contré tous leurs arguments et brandi des lois faites pour les réduire au silence. Aussi, aujourd'hui, elle jouait sa dernière carte.

Les minutes qui s'écoulaient la rapprochaient peut-être de l'instant de sa défaite, elle ne l'ignorait pas, mais elle avait bien des raisons de rester combative.

Chase regarda sa montre une fois de plus, avant de retourner s'asseoir à l'immense table. Qui allait-on lui envoyer, cette fois ? Ses adversaires la savaient mortellement blessée… Chargeraient-ils leur avocat débutant de l'achever pour lui offrir sa revanche ?

Mais elle n'avait pas dit son dernier mot. L'époque où elle renonçait sans s'être battue était révolue. Elle s'était arrachée à un monde dans lequel on avait toujours tort de résister, et n'avait rien perdu de la détermination qui l'avait menée à sa position actuelle.

Chassant des souvenirs qui ne pouvaient que la rendre vulnérable, elle reporta son attention sur son dossier — une liste de noms et de chiffres qui constituait son dernier espoir de l'emporter.

— Dois-je informer Mlle Evans de la durée de son attente ?

Alessandro Moretti leva les yeux vers sa secrétaire, qui soutint son regard sans ciller. Elle lui avait annoncé l'arrivée de Chase Evans une demi-heure plus tôt, et lui avait déjà rappelé que l'avocate l'attendait dans la salle de conférences. Personne d'autre qu'elle n'aurait osé insister… Mais Alicia Brown était sa secrétaire depuis cinq ans, et elle ne s'était jamais approchée de lui sur la pointe des pieds. Elle avait l'âge d'être sa mère, avait élevé cinq garçons et, dans ces conditions, même un Alessandro Moretti ne pouvait l'intimider. Il l'avait engagée sans hésiter.

— Vous ne pouvez pas la faire attendre indéfiniment, insista-t-elle. C'est impoli.

— Vous travaillez pour moi depuis assez longtemps pour savoir que je « suis » impoli, répliqua Alessandro.

A trente-quatre ans, il avait conquis une position prépondérante dans la jungle urbaine, où des fortunes se faisaient et se perdaient sur un lancer de dés. Ce n'étaient pas la douceur et la sensibilité qui menaient à une telle position. Ses employés le craignaient et le respectaient. Il les traitait avec équité et les payait mieux que la plupart de ses concurrents. En échange, il exigeait d'être obéi au doigt et à l'œil. Pourtant, il céda aux instances de sa secrétaire, se leva, et alla prendre sa veste sur le canapé de cuir noir qui occupait tout un côté de son bureau.

Il avait réellement du mal à comprendre pourquoi ses avocats s'étaient montrés si peu efficaces dans cette affaire. Puisqu'il avait l'argent nécessaire, acheter ce foyer pour jeunes filles aurait dû être un jeu d'enfant, non ? Alors pourquoi se retrouvait-il, quatre mois plus tard, contraint de faire leur travail ?

Son offre était des plus généreuses. Ses avocats auraient dû revenir du premier rendez-vous avec un contrat signé, bon sang ! Au lieu de cela, il devait donner de sa personne et rencontrer lui-même une avocate *pro bono* qui en avait fait une question de principe et campait sur sa position ! Etait-il vraiment indispensable qu'il gaspille son temps à vaincre un tel adversaire ?

Il donna quelques consignes à sa secrétaire, puis gagna la porte de son bureau. Avant de sortir, il lança par-dessus son épaule :

— Et rappelez-vous que je n'hésite pas à renvoyer les incompétents ! Vous feriez donc bien de ne rien oublier…

Sur ces mots, il ferma la porte avec un sourire satisfait, et surtout sans laisser le loisir à sa secrétaire d'exprimer ce qu'elle pensait de sa réplique théâtrale.

Il n'emportait pas de dossier, jugeant que c'était inutile. Il connaissait les arguments de son adversaire, il avait les moyens de la réduire au silence, et il avait veillé à la fragiliser en la faisant attendre. Quarante minutes dans une salle dont il avait fait retirer tout ce qui pouvait la rendre accueillante.

Un instant, il songea à convoquer ses avocats pour leur apprendre leur métier, puis y renonça. A un contre un, il en aurait fini en un quart d'heure — à temps pour sa conférence téléphonique avec Hong Kong.

Chase avait finalement décidé de ne pas s'asseoir. Debout, elle savait qu'elle était beaucoup plus impressionnante. Avec son mètre quatre-vingts — et davantage sur des talons —, elle dominait la plupart des gens. Comme cet avocat du troisième rendez-vous qui lui arrivait à peine à l'épaule. En dernier recours, elle pouvait ainsi tenter de prendre l'ascendant sur ses adversaires en les toisant…

Postée près de la baie vitrée, elle observait la rue en contrebas quand elle entendit la porte s'ouvrir. Elle se retourna très lentement. Puisqu'on l'avait fait attendre près de trois quarts d'heure dans une pièce qui avait autant de charme qu'un cachot, il n'était pas question qu'elle se mette au garde-à-vous.

Mais sa belle assurance s'effondra dès qu'elle posa les yeux sur son interlocuteur. Elle se sentit blêmir. Contrairement à ses prévisions, on ne lui avait pas envoyé toute une équipe d'avocats, et l'homme qui s'avançait n'était ni Tom Barry, ni Alex Cole, ni Bruce Robins, ni Leslie Swift. Mon Dieu… sa position près de la baie vitrée n'était plus aussi avantageuse, maintenant que ses jambes menaçaient de la trahir… Son cœur battait si vite qu'elle craignait de paniquer ou de défaillir. Et quand elle s'écria : « Toi ? » elle ne reconnut pas la voix de la femme de vingt-huit ans, affirmée et maîtresse d'elle-même, qu'elle était devenue.

— Tiens, tiens…

Quoique plus doué pour cacher ses sentiments, Alessandro devait bien admettre qu'il était surpris, lui aussi.

Cette apparition le renvoyait brutalement huit ans en arrière, à l'époque où une jeune femme éblouissante occupait toutes ses pensées. Il la regarda mieux. Elle avait changé, bien sûr, mais tout en restant la même. La personne qui se tenait devant lui — et semblait avoir vu un fantôme — avait coupé les longs cheveux qui lui frôlaient les reins autrefois, et troqué ses jeans et ses pulls contre une apparence sophistiquée. Mais sa silhouette svelte était bien celle de la femme de son souvenir, son carré sévère était du même châtain clair qu'autrefois, ses yeux verts aussi félins.

Il s'approcha d'elle en glissant les mains dans ses poches.

— Lyla Evans... J'aurais peut-être reconnu le nom s'il n'avait pas été précédé par « Chase ».

Elle semblait sur le point de s'évanouir. Eh bien, qu'elle ne compte pas sur lui pour la rattraper, si elle s'effondrait...

— Alessandro... Personne ne m'a dit... Je ne m'attendais pas...

— Je vois ça, répondit-il avec un sourire froid.

Il observa ses mains par réflexe. Pas d'alliance... Bien sûr, cela ne signifiait pas grand-chose.

— Nous attendons quelqu'un d'autre ? demanda Chase.

Elle s'ordonnait de retrouver son assurance, mais comment faire alors qu'elle contemplait l'homme dont le souvenir n'avait jamais cessé de la hanter ? Il était toujours aussi beau, peut-être davantage. A vingt-six ans Alessandro était déjà très séduisant, mais son visage avait encore la rondeur de la jeunesse. Alors qu'aujourd'hui... C'était un homme fait. Ses traits plus affirmés semblaient dépourvus de la douceur d'autrefois. Elle faisait face à un étranger — qui la haïssait et ne s'en cachait pas.

— Nous serons seuls. C'est aussi bien, non ? lui répondit-il. Nous ne nous sommes pas vus depuis si longtemps, Lyla... Chase... ou comme tu voudras.

— Chase. Je m'appelle vraiment Chase.

— Alors c'est pour te présenter à moi que tu as choisi un pseudonyme... Vu les circonstances, c'est assez logique.

— Lyla était le prénom de ma mère... J'aimerais m'asseoir, si ça ne te dérange pas.

Les jambes tremblantes, elle regagna sa chaise. Son

dossier, son ordinateur et sa mallette lui rappelèrent la raison de sa présence, mais le chaos régnait dans son esprit.

— Et si nous commencions par rattraper notre retard, Lyla — pardon : Chase ? suggéra Alessandro en s'asseyant sur le bord de la table. Nous pourrions nous raconter ce que nous avons fait ces huit dernières années…

— Je préférerais éviter.

— J'imagine… A ta place, j'invoquerais mon droit de ne pas témoigner contre moi-même.

— Je sais ce que tu penses de moi, Alessandro, mais…

— Je n'ai aucune envie de t'entendre pleurnicher, Lyla.

— Arrête de m'appeler comme ça ! Mon prénom est Chase.

— Alors, tu es devenue avocate… Je te tire mon chapeau. Bien sûr, tu es le genre de fille qui obtient toujours ce qu'elle veut, quel qu'en soit le prix.

Chase leva les yeux un bref instant et ne put s'empêcher de frémir. Il était apparemment furieux. Mais comment lui en vouloir ? Leur brève relation avait reposé sur tant de mensonges…

— Je constate que tu ne portes pas d'alliance, poursuivit-il d'un ton faussement léger. T'es-tu débarrassée de ton infortuné mari dans ta course vers les sommets ?

Elle s'éclaircit la voix et répliqua, tâchant de reporter son attention sur son dossier :

— Je ne suis pas venue pour évoquer le passé. Parlons plutôt du foyer…

Alessandro se leva de la table pour s'asseoir sur une chaise, qu'il tourna face à elle.

— Nous y viendrons. Alors ? Tu étais sur le point de m'expliquer ce que tu as fait de ton alliance…

— Sûrement pas, répondit-elle le plus calmement qu'elle put.

Malheureusement, le regard sombre d'Alessandro transperçait l'armure dont elle s'était dotée à grand-peine.

— Je suis désolée, mais je n'ai pas l'intention de satisfaire ta curiosité, Alessandro, reprit-elle en rassemblant son courage. Je suis venue pour régler cette affaire, un point c'est tout.

— Tu es venue pour perdre, rétorqua-t-il. Si tu avais un peu de bon sens, tu agiterais le drapeau blanc avant que je ne révise mon offre à la baisse !

Il attira son attention sur l'horloge murale.

— Cette offre, je vais en retrancher mille livres à chaque minute qui s'écoulera. Alors, j'espère pour toi que tes arguments sont solides, sinon tu vas vite comprendre que tu n'agis pas dans l'intérêt de ta cliente.

— Tu ne peux pas faire ça…

La voix d'Alessandro vibra de colère.

— Je peux faire tout ce que je veux, Lyla… Chase… Préfères-tu que je t'appelle « madame Evans » ? Ou bien « mademoiselle » ?

— Il ne s'agit pas de nous, Alessandro ! Alors arrête de faire allusion…

— Regarde autour de toi, coupa-t-il avec désinvolture. Dis-moi ce que tu vois…

— Où veux-tu en venir ?

— Fais ce que je demande, s'il te plaît.

Il lui tendait un piège, sans doute. Elle jeta des regards nerveux autour d'elle mais, chaque fois, elle revenait malgré elle au visage d'Alessandro, incapable d'en détacher vraiment les yeux. Ainsi, elle s'était trompée en croyant avoir tiré un trait sur leur histoire… Elle ne l'avait pas oublié.

— Je vois une grande salle de conférences austère, finit-elle par répondre d'une voix lasse.

— Je voulais qu'elle le soit. Pourquoi offrir des distractions à des gens qu'on veut voir se concentrer ?

— « Tu » voulais que cette salle soit austère ?

— Oui. Je « suis » AM Holdings. Je possède tout et je décide de tout. Alors, tu ferais bien de prendre ma menace au sérieux : j'ai l'intention et le pouvoir de baisser mon offre toutes les minutes. Bien sûr, tu crois encore avoir les moyens de gagner. Mais si tu te trompes… Réfléchis bien à ce que deux heures de discussion vaine te coûteraient.

Chase en demeurait muette de stupeur. Il profitait de l'occasion pour se venger. Elle aurait dû se renseigner sur AM Holdings, mais son patron s'était chargé des premières étapes du dossier. Depuis qu'elle y travaillait, elle s'était concentrée sur les moyens d'empêcher la vente, quel que soit l'acquéreur. Aurait-elle reconnu Alessandro si son nom lui était passé sous les yeux ? Ils n'avaient pas gaspillé leur temps en civilités, pendant leur relation…

— Je t'accorde que cette manœuvre n'est pas très élégante, reprit Alessandro en haussant les épaules. Mais l'élégance n'est pas une vertu, en affaires.

— Pourquoi fais-tu ça ? Comment oses-tu punir les femmes qui fréquentent le foyer à cause de notre… notre…

— … relation désastreuse ? Parce que tu m'as menti ? Dis-moi… Tes collègues savent-ils quel genre de femme tu es ?

Au bord de la crise de nerfs, Chase préféra ne rien répondre. Elle était entrée dans la tanière du lion sans le savoir. Jusqu'où Alessandro irait-il pour se venger ? Il possédait AM Holdings. Il avait le pouvoir de mettre sa menace à exécution…, mais cela lui suffirait-il ?

— La situation n'était pas aussi simple que tu le crois, Alessandro, rétorqua-t-elle, en désespoir de cause.

— L'heure tourne…

Alessandro s'étira, puis plaça ses mains derrière

sa nuque. Bon sang, il la désirait encore, malgré tous ses mensonges, et cela le contrariait terriblement. Il avait si souvent rêvé de la toucher… Alors qu'il croyait connaître les femmes, elle l'avait séduit comme aucune autre avant elle.

Pourtant, ce n'était pas pour faire des rencontres qu'il avait donné cette série de conférences à l'université. Il voulait juste rendre service à l'un de ses anciens professeurs, qui lui avait demandé d'expliquer les secrets de sa réussite à ses étudiants. Il avait projeté de donner six conférences. Après sa rencontre avec Lyla — ou Chase, comme elle s'appelait à présent —, il en avait programmé six de plus pour pouvoir la courtiser.

Car lui qui avait l'habitude d'obtenir tout ce qu'il voulait, il s'était retrouvé face à une femme sur laquelle il n'avait aucune prise. Il avait même apprécié de la courtiser tandis qu'elle jouait les inaccessibles… Bien sûr, il ne croyait pas que ses efforts seraient vains. Mais comment aurait-il pu deviner sa duplicité ? Ses souvenirs de leur relation avaient le goût amer de la désillusion, et voilà que cette femme se trouvait à sa merci, à présent.

Le destin le gâtait.

— Puisque tu ne veux pas évoquer le passé, j'écoute tes arguments, déclara-t-il. Tu as déjà perdu une minute.

Chase ouvrit son dossier d'une main tremblante. C'était un vrai cauchemar…, se disait-elle. Alessandro avait de bonnes raisons de lui en vouloir, évidemment, mais elle était loin d'imaginer qu'il la haïssait à ce point. Et il avait les moyens de gâcher sa vie…

Elle commença par passer en revue les arguments qu'elle avait employés dans les rendez-vous précédents. Alessandro les écouta d'un air attentif avant de les rejeter du revers de la main.

— Tu sais déjà que ces arguments ne tiennent pas la route, lui rappela-t-il. Tu perds ton temps…

Malgré elle, Chase jeta un coup d'œil à l'horloge. Comment un problème aussi important que l'avenir du foyer pouvait-il passer au second plan à cause d'un retour malencontreux de son passé ?

Il y avait pire : la gravité de la situation ne l'empêchait pas d'admirer Alessandro : ses longues jambes, ses avant-bras nus... La beauté de son visage méridional n'était même pas altérée par la rancune qu'elle lisait dans son regard.

Il l'avait fascinée dès qu'elle avait posé les yeux sur lui, le jour de leur rencontre. Son approche avait été frontale. Il l'avait abordée en lui disant qu'il l'avait remarquée dans le réfectoire — et s'attendait visiblement à un accueil favorable. Elle avait tout de suite compris qu'il avait l'habitude d'obtenir ce qu'il convoitait. Elle savait aussi qu'elle aurait dû répondre par un sourire poli et s'éloigner, mais elle avait hésité — assez longtemps pour lui donner envie d'insister. Consciente que ce petit jeu de séduction ne pouvait que mal finir, elle avait néanmoins cédé à son attrait.

Huit ans s'étaient écoulés, et cette histoire pouvait finir encore plus mal qu'elle ne le pensait à l'époque...

— Très bien : la loi est de ton côté, concéda-t-elle. Mais que dira la presse quand tes bulldozers raseront un foyer pour jeunes filles ? Le public en a assez de voir de grandes entreprises faire ce qu'elles veulent sans se soucier de personne.

C'était sa carte maîtresse, mais elle n'éprouva aucun sentiment de triomphe en l'abattant.

— J'ai des contacts..., poursuivit-elle dans un silence pesant. Plusieurs journalistes sont prêts à soutenir ma cause.

— Me menaces-tu ? demanda Alessandro, l'air surpris.

— Ce ne sont pas des menaces...

— Ah oui ? Alors de quoi s'agit-il ?

— D'un moyen de pression.

Cette stratégie lui avait semblé judicieuse quand elle avait décidé de l'employer. Mais c'était avant de savoir qu'elle avait pour adversaire Alessandro. A présent, il minait son assurance, et elle commençait à rougir sous l'intensité de son regard.

Elle s'efforça de poursuivre, avec tout le professionnalisme qui lui restait.

— Si la vente crée un scandale, tout ce que tu construiras sur ce terrain te fera perdre de l'argent, argua-t-elle. Les gens sont très soudés, dans ce quartier de Londres… Personne ne soutiendra ton projet.

— Tu devais t'attendre à voir mes avocats reculer devant le spectre d'une mauvaise publicité…, commenta-t-il en se penchant vers elle. C'est un coup bas — mais cela ne me surprend pas de ta part. Oublions tes menaces deux minutes, si tu veux bien…

— Ce ne sont pas des menaces.

— J'ai fait une offre très généreuse, poursuivit-il. Cet argent suffira amplement à construire un autre foyer ailleurs.

— La propriétaire ne veut pas construire un autre foyer, répliqua-t-elle. Les femmes qui fréquentent la Maison de Beth sont habituées au lieu. Elles s'y sentent en sécurité.

— Va donc pleurnicher auprès de tes amis journalistes ! s'exclama-t-il d'un ton provocant. Dis-leur que je chasse ces femmes de leur sanctuaire… Je riposterai en rédigeant une liste très détaillée de ce que mon argent leur permettrait d'acheter : un foyer deux fois plus grand, un équipement moderne, un terrain aussi vaste, quoique plus éloigné du centre-ville… Elles pourraient même y gagner une piscine, une salle de jeux, une crèche… La liste est interminable. A qui ira le soutien du public, à ton avis ? Et quand on saura que j'ai l'intention de construire un centre commercial, qui générera des emplois dans le quartier… Tu vois où je veux en venir.

Alessandro quitta la table de conférence pour aller se camper devant la baie vitrée, comme elle l'avait fait quelques minutes plus tôt. Chase ne pouvait plus le quitter des yeux. Sa brusque réapparition dans sa vie lui inspirait tant d'émotions, intenses et dangereuses… Elle n'aurait pas dû réagir de cette manière. Leur relation était restée embryonnaire et n'avait duré que quelques mois.

— Alors, crois-tu encore pouvoir gagner ? lui lança Alessandro en se tournant lentement vers elle.

— Beth est là depuis toujours. Ce foyer, c'est sa vie… A ton avis, pourquoi les gens luttent-ils pour rester chez eux, même quand un promoteur leur offre le double de ce que vaut leur maison ?

Elle se sentait à court d'arguments. Alessandro avait les moyens d'obtenir ce qu'il voulait et d'imposer ses conditions.

— Tu sais que tu as perdu, répliqua-t-il. Je le lis sur ton visage. Et tu te débats vainement. Alors, à quoi ta cliente devra-t-elle renoncer par ta faute ? A la salle de jeux ? A la crèche ? A la cuisine immense et sa grande table en chêne autour de laquelle les femmes du foyer auraient pu se retrouver ?

— Je ne te croyais pas si arrogant…

— Il faut dire que nous nous connaissions à peine… Au moins, moi, je ne t'ai pas menti sur mon identité.

Chase baissa les yeux vers son dossier. Elle n'avait plus aucune carte dans son jeu. Quelle importance, d'ailleurs ? Il en faisait une affaire personnelle. Même si elle avait eu d'autres arguments, il n'aurait reculé devant rien pour gagner, ni pour assouvir sa vengeance.

— Je déduis de ton silence que tu te demandes comment annoncer la nouvelle à… Comment s'appelle-t-elle, déjà ? Beth ?

— Tu le sais très bien.

— Lui expliqueras-tu pourquoi mon offre a baissé ?

Chase porta la main à sa gorge.

— Tu n'étais pas sérieux, j'espère…

— Tu crois que je t'ai menti ? ironisa-t-il en revenant s'asseoir au bord de la table.

— Tu ne peux pas la forcer à vendre.

— Tu as vu l'état de ses comptes ? Ta cliente est lourdement endettée. Ce foyer est peut-être un endroit formidable, mais il ne brille pas par sa rentabilité. Il suffirait que je passe quelques coups de téléphone pour qu'elle soit menacée de saisie avant ce soir… Les vautours fondront sur elle dès que ses problèmes financiers seront connus du public. Après avoir refusé mon offre généreuse, elle se trouvera contrainte de céder son terrain pour une bouchée de pain.

Il n'exagérait pas. Mais elle avait peine à le reconnaître. Etait-ce vraiment le même homme qui l'avait charmée, amusée, éblouie par son intelligence et rendue folle de désir ? C'est avec un sentiment d'amertume qu'elle décida de capituler.

— Tu as gagné, Alessandro. Mais j'aimerais savoir… Te serais-tu montré aussi intraitable si tu avais eu affaire à quelqu'un d'autre ?

Un éclair de cynisme traversa ses yeux.

— J'aurais gagné dans tous les cas, mais je n'aurais sans doute pas eu recours au décompte, reconnut-il sans une once de compassion.

Alors qu'il se rasseyait, son téléphone sonna. Ce devait être sa secrétaire qui s'inquiétait, puisqu'il donna l'ordre d'annuler une conférence téléphonique.

— Annulez aussi tous mes rendez-vous de cet après-midi, ajouta-t-il avant de raccrocher.

— Je ne veux pas te retenir, murmura Chase en fermant son dossier.

Elle s'autorisa à contempler son visage une dernière fois. Cette image allait la hanter. Vraiment, ce n'était pas juste…

— Mais si tu pouvais revenir sur ton… ton…

— Décompte ? Tu aimerais que je t'épargne l'humiliation d'annoncer à ta cliente que tu as fait baisser le prix de son terrain ?

Elle le fusilla du regard.

— Je ne te pensais pas cruel au point de…

— Comme nous le savons l'un et l'autre, la vie est pleine de mauvaises surprises. Je n'ai pas l'intention de revenir sur cette négociation. Mais je peux t'offrir l'occasion de regagner ce que tu as perdu.

L'idée d'avoir fait perdre de l'argent à Beth consternait Chase. Elle connaissait les problèmes financiers du foyer. Le remboursement des dettes, à lui seul, allait déjà engloutir une grosse partie du prix de vente. Rien de ce qu'elle pouvait obtenir ne serait donc de trop.

— Notre histoire est inachevée, murmura Alessandro. Il est temps de lui fournir une conclusion. Je ne t'aurais pas cherchée, mais puisque l'occasion se présente… Je veux savoir qui tu es vraiment. Si tu satisfais ma curiosité, je reviendrai à l'offre initiale.

2.

Pourquoi ne réagissait-elle pas ? Elle aurait dû pousser un cri de joie ou un soupir de soulagement. Il lui offrait l'occasion de regagner ce qu'elle avait perdu en échange d'une simple conversation, non ? Mais Chase n'exprima aucune émotion.

Alessandro la fixa sans ajouter un mot. Il connaissait bien le pouvoir du silence… Et il n'avait pas confiance en elle. Si elle espérait lui soutirer encore plus d'argent, il se tairait aussi longtemps qu'il le faudrait pour qu'elle comprenne son erreur.

— Je veux que nous mettions cet arrangement par écrit, finit par répondre Chase.

Elle se sentait quelque peu déboussolée. Il voulait donner une conclusion à leur histoire ? N'avait-il pas compris que c'était impossible ? Elle ne pouvait répondre à aucune question, fournir aucune explication…

— C'est hors de question, déclara Alessandro d'une voix calme. Soit tu te contentes de ma parole, soit tu sors d'ici avec un portefeuille très allégé.

— A quoi bon revenir sur ce qui s'est passé ?

— J'attends ta réponse : oui ou non ?

Chase se leva et lissa sa jupe grise. Grâce à sa silhouette élancée, elle n'avait pas besoin de porter des vêtements hors de prix pour être élégante et se fondre parmi ses collègues. Fitzsimmons était un cabinet prestigieux, dont tous les membres appartenaient à la bonne société. Elle gardait ses distances, mais elle entendait les uns et les autres parler de leurs vacances exotiques et de leurs appartements situés dans les beaux quartiers…

Heureusement, sa spécialisation dans les affaires *pro bono* lui permettait de jouir d'une position relativement solide au sein du cabinet.

Alessandro Moretti avait le pouvoir de tout gâcher… et il lui faisait éprouver des émotions bien trop intenses. Son instinct de survie lui commandait de fuir. Seulement voilà : avait-elle vraiment le choix ? Pouvait-elle laisser Beth payer pour ses erreurs ? Pouvait-elle risquer de décevoir son patron ? Surtout, Alessandro se contenterait-il de sa défaite, si elle fuyait ? A en juger par ses regards…

Elle se rassit.

— Très bien. De quoi veux-tu parler ?

— Cette pièce ne me semble pas le lieu idéal pour ce genre de conversation…

Il se mit à arpenter la salle, dont la moquette couleur crème étouffait le bruit des pas. Entre ces murs, des hommes riches et puissants prenaient des décisions qui affectaient la vie de bien des gens placés nettement plus bas dans la hiérarchie sociale.

— Nous avons tant de retard à rattraper, Lyla…, reprit Alessandro.

— Arrête de m'appeler comme ça, s'il te plaît…

— Il est bientôt l'heure de déjeuner. Si nous poursuivions cette conversation dans un endroit plus confortable ?

— Je suis très bien ici.

— En fait, je ne te demande pas ton avis. Peux-tu m'attendre dans le hall, le temps que je parle à ma secrétaire ? J'en ai pour cinq minutes. Et ne t'avise pas de me fausser compagnie ! conclut-il en se plantant devant elle.

— Je n'en ai pas l'intention, assura-t-elle en se levant pour soutenir son regard.

Ce petit duel de volontés fut un échec cuisant. Si près d'Alessandro, Chase sentit sa force l'abandonner, ne laissant derrière elle qu'un chaos d'émotions et de sensations. Elle s'empressa donc de reculer. Alessandro avait-il perçu son instant de faiblesse ?

— Vraiment ? demanda-t-il en plissant les yeux. Pourtant, tu ressembles à un animal terrorisé... De quoi as-tu peur ? Que je découvre qui tu es ? Je le sais déjà : une garce et une menteuse.

Alessandro commençait à se surprendre lui-même. Jamais il n'avait parlé aussi durement à une femme. Mais il avait suffi qu'il contemple le visage parfait et la silhouette sensuelle de Chase pour sentir les blessures du passé se rouvrir. Son amertume s'insinuait presque indépendamment de sa volonté dans chacun de ses mots.

— Tu n'essaies même pas de te défendre, murmura-t-il.

Il n'était pas certain d'en tirer de la satisfaction. En tout cas, il aurait aimé qu'elle le regarde quand il lui parlait — et il commençait à être tenté de lui soulever le menton pour l'y contraindre.

— Pour quoi faire ? ironisa Chase, lui jetant un regard où brillait la flamme de la rébellion. Je vais t'attendre dans le hall, mais je te préviens : cette fois, je n'attendrai pas une heure.

Alessandro posa les yeux sur ses lèvres sensuelles. Autrefois, il l'aurait taquinée en lui disant qu'elle avait l'air de bouder quand elle ne souriait pas. Et quand elle souriait, il avait l'impression de voir une fleur éclore... En cet instant, elle n'était pas précisément en train de sourire.

— Tu attendras aussi longtemps que je le voudrai, répliqua-t-il.

— As-tu vraiment besoin de te venger de... ?

— Je te le répète, coupa-t-il, je préfère que cette conversation ait lieu dans un endroit plus confortable.

Chase ne prit conscience de sa tension nerveuse que lorsque Alessandro quitta la pièce. Fébrile, elle s'appuya à la table et ferma les yeux.

Elle avait l'impression d'avoir été broyée. Mais tout n'était pas encore joué, n'est-ce pas ? Elle se le répéta, s'efforçant de se ressaisir. Alessandro ne voulait peut-être pas l'anéantir… Elle l'avait blessé, et il était légitime qu'il exige des réponses aux questions qu'il avait dû se poser après leur rupture. Même s'ils n'avaient jamais eu de véritable « relation ».

Bien sûr, elle devrait lui répondre avec prudence. Satisfaire juste assez sa curiosité pour se débarrasser de lui et retrouver la vie normale.

Elle se décida à quitter la salle de conférences. Dans les couloirs, elle croisa plus de monde qu'à son arrivée. Il était presque 12 h 30 : tout le monde sortait pour déjeuner. Par cette magnifique journée d'été, les employés de la City allaient prendre le soleil à une terrasse ou dans un parc pendant une heure, avant de regagner leur bureau. Chase, elle, avait toujours évité de participer à ce rituel.

Elle n'attendit pas longtemps dans le hall avant de voir Alessandro sortir de l'ascenseur. Lorsqu'il s'approcha d'elle, sa veste sur l'épaule, un léger vertige la saisit — le même léger vertige qui la saisissait déjà, à l'époque, quand elle le voyait et s'imaginait que sa vie pouvait prendre son envol. Ils n'avaient jamais fait que déjeuner ou boire un café ensemble, mais ces moments avaient été si exaltants, si heureux que le souvenir en restait ineffaçable.

— Tu es là, fit-il remarquer en la rejoignant.

— Tu croyais vraiment que j'allais disparaître ?

Malgré sa taille, elle dut marcher à grands pas pour ne pas se laisser distancer.

— Bien sûr que non. Tu es avocate : tu sais faire preuve de diplomatie, quand il le faut.

Il tourna à gauche pour s'engager dans une rue moins animée — l'une de ces petites rues qui faisaient le charme de Londres.

— Quitte à évoquer ta carrière… Si nous nous débarrassions de ce sujet dès maintenant ? suggéra-t-il.

— Que veux-tu savoir ?

— Ne me force pas à te soutirer chaque réponse, et va à l'essentiel…

— Eh bien, commença-t-elle, je… J'ai obtenu mon diplôme avec mention. Le chasseur de têtes d'un cabinet d'avocats m'avait repérée en dernière année. J'ai accepté leur proposition. Ce n'était pas un cabinet aussi important que celui pour lequel je travaille aujourd'hui, mais il avait une bonne réputation. Ma carrière a progressé rapidement.

— C'est normal : tu es intelligente.

Il ne s'agissait pas à proprement parler d'un compliment. Mais que sous-entendait exactement Alessandro ? Vu son air méprisant, ce devait être une perfidie. Pourquoi ? Oui, elle était intelligente en plus d'être belle. Et alors ? Dans un autre contexte, on aurait pu l'accuser d'avoir été gâtée par le destin… Mais la vie avait sa manière bien à elle de rétablir la justice. Chase avait toujours beaucoup plus compté sur son intelligence que sur son physique. Elle avait travaillé dur pour entrer à l'Université et obtenir les diplômes qui pouvaient lui assurer un avenir enviable. Et tout cela, elle ne l'avait fait que pour échapper à une existence à laquelle elle essayait de ne plus penser.

Mieux valait faire semblant de prendre sa remarque pour un éloge.

— Merci, répondit-elle. Après ça, j'ai fait du bon travail et changé de cabinet. Fin de l'histoire.

— Et te voilà chez Fitzsimmons… C'est impressionnant.

— C'est un cabinet important, reconnut-elle, de plus en plus nerveuse.

— Et pourtant, ton tailleur ne vient pas de chez un grand couturier, fit-il remarquer. Tu es mal payée ?

Elle réprima une grimace. Alessandro n'avait jamais caché qu'il venait d'une famille fortunée. Sans doute ses origines lui permettaient-elles de juger de la qualité des vêtements au premier coup d'œil.

— Non, répondit-elle d'un ton sec. On me paye généreusement, mais je n'aime pas jeter mon argent par les fenêtres.

— Tiens donc ! Je ne l'aurais pas cru…

— Es-tu vraiment obligé de ricaner de tout ? Je me suis spécialisée dans les affaires *pro bono*, figure-toi, et il ne me paraîtrait pas de très bon goût de porter des tailleurs hors de prix quand j'ai affaire à des gens qui manquent d'argent…

Au début de sa carrière, elle avait employé cet argument contre un collègue, et son patron l'avait félicitée pour son bon sens.

Ils entrèrent dans un vieux pub, situé au bout d'une rue calme. La salle était sombre, fraîche et silencieuse. Alessandro lui proposa un verre et haussa les épaules lorsqu'elle se décida pour un jus de fruits.

— Bien…, commença-t-il en attrapant sa pinte de bière.

Il ne savait pas ce qu'il attendait de cette conversation forcée, mais revoir Chase lui avait rappelé toutes les questions désagréables qu'elle avait laissées sans réponse.

— Reprenons depuis le début, si tu veux bien, suggéra-t-il. A moins que tu ne préfères commencer par la fin : le moment où tu m'as informé que tu étais mariée ? Oui, c'est peut-être mieux… Après quatre mois d'un jeu de séduction très convaincant, tu as sorti un mari de ta manche.

Chase s'humecta les lèvres. Elle était manifestement très nerveuse.

— Je ne vois vraiment pas l'intérêt d'aborder le sujet, Alessandro.

— Tu le vois parfaitement, au contraire : tu vas satisfaire ma curiosité pour que je revienne à ma première proposition d'achat. Alors ? Qu'est-il arrivé à ton mari ?

— Shaun… est mort dans un accident de moto alors que je venais d'avoir mon premier emploi. Il a dérapé sur l'autoroute…

Alessandro but une longue gorgée de bière sans cesser de l'observer.

— Tu ne t'es donc pas débarrassée de lui grâce à un divorce… Tu ne t'es pas remariée ?

— Et je ne le ferai jamais, répondit-elle avec amertume.

— Parce qu'il n'y a pas de place pour un homme dans la vie d'une avocate pleine d'ambition ? Ou bien parce que tu es toujours amoureuse de l'homme qui… Attends que je me souvienne… Ça me revient : du seul homme avec lequel tu pouvais envisager de coucher ? « Je suis désolée si tu as cru que les choses pourraient aller plus loin, Alessandro, mais quelques cafés ne suffisent pas à faire une relation. »

— Nous n'aurions jamais dû sortir ensemble, murmura-t-elle. C'était une très mauvaise idée.

— Sauf que nous ne sommes pas « vraiment » sortis ensemble, souligna Alessandro, avec le sentiment que quelque chose lui échappait.

Mais qu'y avait-il à comprendre ? songea-t-il avec colère. Cette femme l'avait séduit avant de disparaître sans lui accorder un dernier regard. Point final. Il s'était senti… Non. Ce n'était pas le moment d'y penser.

— Ecoute ! s'écria-t-elle. Ce que je veux dire…

Elle s'interrompit.

— Eh bien ? Je t'écoute.

— Tu ne comprends pas… Je n'aurais pas dû m'approcher de toi. J'étais mariée…

— Alors pourquoi l'as-tu fait ? demanda-t-il en haussant le ton. Par orgueil ? Pour la satisfaction de séduire le conférencier qui faisait rêver toutes les étudiantes ?

— Prétentieux !

— Tu crois ? Je n'arrêtais pas de trouver dans mon casier des mots d'étudiantes me demandant des « cours particuliers » !

Chase ne put s'empêcher de songer que même s'il n'y avait pas eu ces mots dans son casier, il n'aurait pas manqué de remarquer les regards qu'on lui lançait. Avec sa beauté, son charisme et sa fortune, il fascinait tout le monde. Les étudiantes étaient prêtes à tout pour attirer son attention. Quant à elle, elle avait pris soin de ne pas passer une minute de plus qu'il n'était nécessaire à l'université, mais elle savait qu'elle y aurait entendu des commentaires envieux et méprisants.

— Alors ? insista-t-il. Est-ce pour cette raison que tu m'as caché que tu étais mariée ? Que tu m'as laissé croire que nous coucherions ensemble ?

— Je ne me suis engagée à rien !

— Ne te moque pas de moi ! s'écria Alessandro en posant brutalement sa pinte. Tu savais très bien vers quoi nous allions !

— Je ne pensais pas… Je ne voulais pas…

— Et c'est pour ça que tu m'as menti ?

— Si mes souvenirs sont bons, tu disais ne pas vouloir t'engager dans une relation sérieuse…, lui rappela-t-elle. Tu prétendais n'aimer que les liaisons brèves et passionnées !

Alessandro sentit la colère le gagner.

— C'est un argument minable, riposta-t-il. A moins que

tu ne m'aies fait attendre pour cette raison… Voulais-tu t'assurer que j'étais suffisamment intéressé, avant de troquer ton mari pantouflard contre moi ?

Il secoua la tête, envahi malgré lui par le ressentiment. Pourquoi s'emportait-il à propos d'événements qui remontaient à huit ans ?

— Bien sûr que non ! s'écria-t-elle. Et Shaun n'était pas un mari pantouflard…

— Ah ? répliqua-t-il en se penchant vers elle. Que faisait-il dans la vie ? Etait-il banquier ? Entrepreneur ? Tu ne m'as pas donné beaucoup de détails, à l'époque. Tu étais trop pressée de filer…

Alessandro se rappelait encore la scène comme si elle s'était déroulée la veille, et la précision de sa mémoire le surprenait cruellement. Ce jour-là, Chase portait un jean délavé glissé dans des bottes en daim de mauvaise qualité et un pull qui, à la réflexion, devait appartenir à son cher époux. Cette idée lui fit serrer les poings.

Elle n'avait pas mis longtemps à lui avouer la vérité. Après quatre mois de conversations innocentes, d'avances timides et de retraites précipitées, il ne lui avait fallu que quelques minutes pour tout gâcher. Ils s'étaient retrouvés dans le café qui était devenu leur repaire, à quelques jours de Noël. Au milieu d'une foule qui respirait la joie de vivre, elle lui avait annoncé qu'elle ne voulait plus jamais le revoir.

— Je suis désolée, avait-elle dit avec un sourire timide. Ç'a été un plaisir de te connaître et je te remercie pour tes lumières en économie, mais je suis mariée…

Elle avait alors agité sous son nez une alliance qu'il voyait pour la première fois.

Elle avait précisé sur un ton désinvolte qu'il s'appelait Shaun McGregor. Ils s'étaient rencontrés à quinze ans et c'était l'amour de sa vie. Elle avait même tiré une photo de son portefeuille pour faire un éloge vibrant de son physique.

Alessandro avait longtemps fixé cette photo d'un jeune homme aux yeux bleus et à la tête rasée. Il avait un tatouage sur un côté du cou et devait en avoir beaucoup d'autres sous ses vêtements. En l'observant, Alessandro avait compris à quel point elle s'était jouée de lui. Il n'était même pas son genre d'homme… Son mari ressemblait à un voyou, ni plus ni moins.

— Shaun faisait différentes choses…

Elle ne pouvait pas lui fournir une réponse plus vague, songea-t-il avec ironie.

— Mais quelle importance ? ajouta-t-elle. Ce qui compte, c'est que je suis désolée. Je sais qu'il est un peu tard, mais je te présente mes excuses…

— Pourquoi te servais-tu d'un faux nom ?

— Quoi ?

— Tu te présentais à tout le monde sous le nom de Lyla, à l'époque. Pourquoi ?

— Je…

Chase se sentit incapable d'achever sa phrase.

Comment lui expliquer qu'elle était quelqu'un d'autre, à cette époque ? Ses études lui avaient fourni l'occasion d'inventer un personnage flambant neuf, et elle l'avait saisie parce que la fiction valait mieux que la réalité. Vu qu'elle n'avait pas menti sur son cursus, quel mal y avait-il à se faire passer pour une fille normale ? Quel mal y avait-il à prétendre qu'elle était issue de la classe moyenne et qu'elle avait des parents qui l'aimaient ? Personne ne risquait de vouloir les rencontrer.

Elle avait pris soin de garder ses distances vis-à-vis de tout le monde… hormis Alessandro. Et elle n'avait pas imaginé que les petits mensonges dont elle parait sa vie allaient se transformer en scénario intenable auquel elle ne pourrait plus rien retrancher.

— Alors ? insista Alessandro avant de commander une autre bière.

— Lyla est le prénom de ma mère, expliqua-t-elle. Il me plaît. Je ne voyais pas ce qu'il y avait de mal à l'emprunter…

— A-t-il cessé de te plaire quand tu es devenue avocate ?

Il la fixait si intensément qu'elle se sentit rougir. Déjà, à vingt-cinq ans, Alessandro Moretti possédait ce magnétisme de prédateur — qui l'avait attirée malgré les avertissements de son bon sens. Et aujourd'hui, il ne l'avait pas perdu, loin de là.

— Il était plus simple d'utiliser mon vrai prénom pour travailler.

— Pourquoi ai-je l'impression qu'il y a d'innombrables ellipses, dans cette histoire rocambolesque ?

— Ce n'est pas une histoire rocambolesque ! s'écria-t-elle, les joues en feu. Je peux te montrer mon acte de naissance, si tu veux !

Sauf que cela supposait un deuxième rendez-vous, qu'elle voulait éviter à tout prix. Que ferait Alessandro s'il découvrait la vérité sur son passé ? Il pourrait être tenté d'en parler à son patron, songea-t-elle, terrifiée. Bien sûr, elle était une très bonne avocate et n'avait pas menti sur ses diplômes. Elle ne risquait pas de se faire renvoyer pour avoir laissé croire à tout le monde qu'elle avait un passé et des parents ordinaires. Mais qui sait si le désir de vengeance d'Alessandro ne le pousserait pas à aller plus loin ? Que se passerait-il s'il parlait à ses collègues ? Ces nantis se feraient sûrement une joie de la tourner en ridicule. Elle était forte, mais supporterait-elle d'être humiliée jour après jour sur son lieu de travail ?

— Je dois rentrer au bureau, annonça-t-elle sans même finir son jus d'orange.

Alessandro lui saisit le poignet alors qu'elle se levait. Elle se figea, le cœur affolé.

— Pas si vite !

— J'ai répondu à tes questions, Alessandro !

— Qu'avais-tu à y gagner, dans cette histoire ?

— Rien ! J'ai… juste commis une erreur… C'était il y a longtemps… J'étais jeune…

— Tu étais une femme de vingt ans déjà mariée. On n'en voit plus beaucoup, de nos jours…

Elle trouva la force de dégager son bras et baissa les yeux.

— Je te l'ai déjà dit : nous étions amoureux. Nous n'avions pas envie d'attendre…

— Vos parents ont-ils assisté à la cérémonie ?

Elle haussa les épaules.

— Il est mort. Alors, quelle importance ?

Alessandro serra les dents.

— Quelles paroles attendrissantes…, ironisa-t-il, furieux de se sentir affecté.

Pourquoi avait-il l'impression qu'elle lui mentait encore ? L'avait-elle blessé plus qu'il ne le croyait ? Pourquoi cherchait-il des failles dans ses explications, au lieu d'accepter simplement son aveu ?

— Cela fait des années, maintenant, répéta-t-elle dans un murmure. Je suis passée à autre chose.

— Et tu n'as trouvé personne pour le remplacer ?

Elle s'insurgea tout à coup.

— Pourquoi ne parle-t-on que de moi ? demanda-t-elle en relevant la tête. Et toi ? Tu ne m'as pas dit ce que tu avais fait ces huit dernières années…

— Qu'est-ce que je pourrais te dire ? Je suis un livre ouvert, moi, ajouta-t-il en écartant les bras.

Il s'appuya au dossier de sa chaise pour observer Chase plus confortablement. Décidément, elle avait un visage que son air farouche rendait plus fascinant encore. On ne pouvait s'empêcher de se demander ce qu'elle cachait, derrière ce masque. C'était ce mystère qui l'avait entraîné dans leur étrange relation.

Et voilà qu'il aiguillonnait encore cruellement sa curiosité…

— Et y a-t-il quelqu'un dans ta vie ? demanda-t-elle. Existe-t-il une Mme Moretti occupée à faire la poussière dans une maison de campagne, pendant que de petits Moretti courent dans le jardin ? Ou n'aimes-tu toujours que les relations brèves et passionnées ?

— Hé ! Tu es devenue bien amère et agressive, Chase…

Chase ne put s'empêcher de rougir.

Alessandro disait vrai, et il lui arrivait de détester la femme qu'elle était devenue.

— Je n'aime pas me faire piétiner ! se défendit-elle pourtant.

— Parce que tu as l'impression que je te piétine ? Nous ne faisons qu'échanger des informations… Et pour répondre à ta question : il n'y a pas de Mme Moretti — et elle ne ferait pas la poussière, si elle existait.

— Bien sûr… Tu as les moyens d'employer une femme de ménage. Travailles-tu toujours vingt-quatre heures sur vingt-quatre ? Tu dois être bien assez riche pour profiter de la vie, à présent…

Huit ans plus tôt, elle adorait l'entendre parler de sa vie professionnelle, qui lui semblait palpitante. Il disait que ses conférences à l'université étaient comme des récréations. Pour le taquiner, elle lui répétait qu'il ne tiendrait pas jusqu'à trente-cinq ans, à ce rythme. A sa grande consternation, elle se rendit compte que la vie d'Alessandro Moretti l'intéressait encore.

— A vrai dire, je m'en moque, dit-elle avant qu'il n'ait répondu. Je peux partir, maintenant ?

Alessandro pinça les lèvres. Il ne semblait toujours pas satisfait.

— Pourquoi t'es-tu spécialisée dans les affaires *pro bono* ? demanda-t-il d'une voix douce, l'air pensif. Tu es brillante… Tu aurais pu employer tes talents de manière plus lucrative.

Il avait cessé de l'agresser, tout à coup. Et il avait un charme fou, quand il s'intéressait vraiment à quelque chose. La tête inclinée sur le côté, il donnait l'impression que chaque mot qui franchissait les lèvres de l'interlocuteur était pour lui d'une importance capitale.

— Ce n'est pas pour m'enrichir que j'ai étudié le droit, expliqua-t-elle. J'ai toujours voulu devenir avocate… même si j'étais également tentée par les services sociaux et la police.

Elle sentit ses joues s'embraser. Pourquoi lui confiait-elle ses vieux rêves ? Elle n'en avait jamais parlé à personne.

— Les services sociaux ? demanda-t-il, étonné. La police ?

— Alors ne m'accuse pas d'être vénale, s'il te plaît.

— Je ne t'imagine vraiment pas en assistante sociale ! Et encore moins en agent de police…

— Il faut vraiment que je retourne travailler, insista-t-elle. J'ai beaucoup à faire, et je dois passer au foyer pour informer Beth de mon échec. Elle sera déçue… Elle n'a vraiment aucune envie de changer de quartier. La plupart des femmes qui fréquentent son foyer y habitent, et elle vit là depuis si longtemps…

— Alors pourquoi as-tu choisi le métier d'avocate, si tu hésitais ?

Il n'avait donc pas fini de l'interroger, songea-t-elle, désemparée. Il avait suffi qu'elle baisse sa garde pendant quelques secondes pour qu'il lui donne l'impression d'avoir livré des secrets d'Etat à l'ennemi. Mais était-ce vraiment grave ? C'étaient peut-être ses réticences qui aiguillonnaient la curiosité d'Alessandro. Elle tâcha de se détendre et lui adressa un sourire.

— Les horaires, répondit-elle. Je n'avais pas envie qu'on m'appelle à n'importe quelle heure pour une urgence… Je travaille beaucoup, chez Fitzsimmons, mais je choisis mes horaires.

— Je comprends…, murmura-t-il. Et les deux autres métiers que tu envisageais sont plus dangereux — surtout pour quelqu'un comme toi.

— Pour quelqu'un comme moi ? s'insurgea-t-elle. Vas-tu encore m'accuser de mensonge et de manipulation ? Quel rapport avec mon choix de carrière ? Je comprends que tu m'en veuilles, mais tu ne changeras pas ce qui s'est passé en m'insultant !

— Je veux dire que ce sont peut-être les deux professions dans lesquelles il est le moins utile d'être une belle femme, expliqua Alessandro. A quoi cela t'aurait-il servi, dans une situation dangereuse ?

Il essaya d'imaginer dans un uniforme ce corps qu'il n'avait jamais touché… et fut pris de court par une vague de désir aussi intense que soudaine. Leur discussion en perdit tout intérêt à ses yeux.

Quelle importance ses réponses pouvaient-elles avoir, en comparaison des pulsions que Chase éveillait en lui ? Une érection malvenue le força à décroiser les jambes.

La réaction de son corps l'inquiéta et l'atterra. Comment pouvait-il la désirer encore, alors qu'il la méprisait au plus haut point ? Pourquoi sa libido le poussait-elle hors des limites qu'il s'imposait ? Il était toujours resté maître de lui en amour — et il était sorti avec quelques-unes des plus belles femmes du monde. Alors que lui arrivait-il ?

— Je n'y avais jamais songé, grommela Chase. Mais cela aurait-il vraiment posé problème ?

Sa voix était calme — quoique contrariée — mais elle avait rougi et elle évitait son regard. Le désirait-elle aussi ?

Il savait cette question dangereuse, tout comme il

savait qu'il aurait dû ignorer les suggestions de sa libido indocile. Et pourtant…

— Tu sais quoi ? J'aimerais beaucoup voir ce foyer, s'entendit-il déclarer. Je voudrais m'assurer que mon projet est bien adapté au lieu… Tu ne vois pas d'inconvénient à m'accompagner, je suppose ?

3.

Pour la première fois depuis des années, Chase se sentait complètement impuissante. Trois jours plus tôt, elle était entrée dans les locaux imposants d'AM Holdings avec une mission simple : sauver le foyer. Ce jour-là, elle était encore une avocate pleine d'assurance, qui croyait maîtriser la situation. Elle espérait l'emporter, mais savait la partie délicate. Face à n'importe qui d'autre, elle aurait perdu en gardant la tête haute, avec la certitude d'avoir fait de son mieux.

Et voilà qu'elle faisait les cent pas dans son salon en jetant des coups d'œil par la fenêtre à intervalles réguliers. Elle n'avait pas réussi à dissuader Alessandro de visiter le foyer.

— A quoi bon, puisque tu veux le démolir ? lui avait-elle demandé.

Son regard intense l'avait fait frissonner.

— Méfie-toi : les donneurs de leçons ont tendance à être mortellement ennuyeux, avait-il rétorqué. Je dispose de toutes les informations nécessaires sur ce terrain, évidemment ! Mais j'aimerais me rendre compte par moi-même. Puisque tu défends la propriétaire, je pensais que tu te ferais un devoir de m'accompagner. A moins que notre passé ne te pose problème ?

Evidemment ! avait-elle songé, au désespoir.

— Bien sûr que non, avait-elle répondu en haussant les épaules avec indifférence.

Voilà comment elle avait laissé la situation lui échapper.

Il y avait pire : sous sa colère et sa frustration, elle reconnaissait une impatience qu'elle pensait ne plus jamais éprouver — et qui la terrifiait. C'était comme un vieux monstre qui se réveillait.

Elle avait éprouvé le besoin de masquer sa féminité en mettant le plus neutre de ses tailleurs, un ensemble bleu marine dans lequel elle risquait d'avoir trop chaud. Mais cela ne suffisait pas. Elle avait l'impression qu'elle ne pourrait jamais cacher à Alessandro l'effet qu'il lui faisait.

Elle lui avait proposé de le retrouver sur les lieux, mais il avait insisté pour passer la chercher.

— Tu pourras me raconter l'histoire de ce foyer pendant le trajet, avait-il argué.

Elle s'était retenue de lui demander en quoi l'histoire du foyer pouvait l'intéresser, s'il comptait le démolir. Alessandro tenait les cordons de la bourse, et il n'hésitait pas à abuser de sa position de force. Elle n'avait aucune envie de revivre l'épisode du décompte, ni de découvrir de nouvelles formes de cruauté.

Une longue Jaguar noire s'arrêta devant chez elle alors qu'elle jetait un nouveau coup d'œil dans la rue. Ce devait être un spectacle bien incongru pour les voisins.

Alessandro en sortit vêtu d'un pantalon gris clair, dont la qualité sautait aux yeux, et d'une chemise blanche dont il avait roulé les manches.

Chase en perdit le souffle. Hypnotisée, elle le regarda tourner lentement sur lui-même pour observer les environs. Il ordonnait sans doute à son chauffeur de verrouiller les portières, quand il empruntait des rues comme la sienne. Elle ne s'était pas installée dans une zone dangereuse, certes, mais on était loin des beaux quartiers où vivaient ses collègues.

Elle s'écarta vivement de la fenêtre quand il se tourna vers sa maison, puis attendit en retenant son souffle. Quand la sonnette retentit, elle se força à attendre quelques secondes avant d'aller ouvrir. Son cœur s'affola dès qu'elle lui fit face.

— On y va ? lança-t-elle en attrapant son sac à main, qu'elle avait suspendu à la rampe de l'escalier.

— Pas si vite ! répondit Alessandro alors qu'elle se penchait pour ramasser sa mallette.

Il entra sans qu'elle l'y invite et referma la porte derrière lui.

— Qu… que fais-tu ? balbutia-t-elle.

— J'attends que tu me proposes un café.

— Mais nous n'avons pas le temps ! Nous avons rendez-vous à 10 h 15, et vu la circulation…

— Détends-toi : j'ai chargé ma secrétaire de repousser le rendez-vous d'une heure.

— Quoi ?

— C'est donc ici que tu vis…

Horrifiée, elle le regarda jeter un coup d'œil dans le salon, puis disparaître dans la cuisine.

— Alessandro…, murmura-t-elle.

Elle s'arracha à sa stupeur pour le suivre dans la cuisine, qu'il était en train d'examiner avec curiosité. La pièce était vaste et donnait sur le petit jardin qui l'avait décidée à acheter cette maison.

— C'est charmant, chez toi, commenta-t-il.

— Tu n'as rien à faire ici !

— Pourquoi ? Nous ne sommes pas des étrangers l'un pour l'autre, que je sache… Alors, tu m'offres ce café ?

Elle le regarda s'asseoir en serrant les dents. Sa cuisine était assez grande pour contenir une table de quatre personnes — et c'était le premier meuble qu'elle avait acheté après avoir emménagé, trois ans plus tôt. Elle était littéralement tombée amoureuse de cette table ronde aux carreaux multicolores. Alessandro en effleura un motif avec un air songeur. Elle se laissa hypnotiser par son geste pendant quelques secondes, puis se ressaisit et fit chauffer de l'eau.

— C'est ta première maison ? demanda-t-il lorsqu'elle se fut assise en face de lui.

Il n'avait cessé de penser à elle depuis trois jours, et avait fini par s'y résigner. Son désir virait à l'obsession, et alors ? Etait-ce si surprenant ? En apparaissant dans ses bureaux, elle avait fait resurgir un passé qu'il s'était efforcé d'oublier. Il était bien normal qu'elle le hante — comme une vieille chanson entendue par hasard nous trotte dans la tête tant qu'on ne l'a pas identifiée. Et c'était d'autant plus compréhensible qu'elle n'avait rien perdu de sa beauté…

— Que veux-tu dire ? murmura-t-elle, l'air méfiant.

— Est-ce la maison dans laquelle tu as vécu avec ton cher époux ?

Elle baissa les yeux.

— Non. Shaun et moi vivions… ailleurs. Après sa mort, j'ai mis de l'argent de côté pendant plusieurs années avant de pouvoir acheter cette maison.

Alessandro tenta d'imaginer la vie quotidienne des deux tourtereaux, à l'époque où Chase lui faisait les yeux doux. Gagné par l'amertume, il but une gorgée de café et chassa cette pensée de son esprit.

— Et si tu me faisais visiter ? suggéra-t-il.

— Il n'y a pas grand-chose à voir. Deux chambres et une salle de bains à l'étage… Et tu connais déjà le rez-de-chaussée. Si nous y allions, plutôt ?

Il se leva sans lui répondre et quitta la cuisine pour

s'aventurer dans le salon. Pourquoi était-elle si nerveuse ? Elle était parfaitement calme, huit ans plus tôt, quand elle l'avait chassé de sa vie. Pourquoi, à présent, se comportait-elle comme un animal pris au piège ? Avait-elle mauvaise conscience ? C'était peu probable. Une femme capable de tant de duplicité n'éprouvait ni regret ni remords.

Sa nervosité l'intriguait malgré lui. Contrarié, il glissa les mains dans ses poches et entreprit d'examiner le salon.

— Pour une avocate au cœur de pierre, tu aimes les couleurs vives, commenta-t-il lorsqu'elle apparut dans l'embrasure de la porte. On se tromperait complètement sur ton compte, si on essayait de déduire ta personnalité de ton cadre de vie. On te prendrait pour une femme chaleureuse, passionnée…

Chase rougit sans qu'il comprenne pourquoi.

— Mais il manque quelque chose…, ajouta-t-il en écartant le rideau pour jeter un coup d'œil dans la rue.

— Quoi ? murmura-t-elle.

Elle écarquilla les yeux et entrouvrit les lèvres quand il s'approcha d'elle.

Alessandro perçut l'instant précis où l'atmosphère se chargea d'électricité — parce qu'il se sentit tout à coup plus vivant que jamais. Aucune des femmes avec lesquelles il était sorti depuis huit ans ne l'avait excité à ce point. La dernière fois qu'il avait éprouvé une telle sensation… il se faisait manipuler par la créature qui tremblait devant lui. A l'évidence, sa haine et son mépris n'avaient aucun effet sur sa libido.

Chase était fuyante, à l'époque — pour des raisons qu'il n'avait comprises que plus tard. Elle l'était encore, et il ne comprenait vraiment pas pourquoi.

— As-tu peur de moi ? demanda-t-il.

— Qu'est-ce qui te fait croire ça ? demanda-t-elle d'une voix tremblante.

— Le fait que tu sois restée sur le pas de la porte. On dirait que tu as peur que je ne me jette sur toi…

— Je ne t'imagine pas faire quelque chose d'aussi absurde !

Vraiment ? Il avait pourtant du mal à résister à la tentation.

— J'ai peur des idées qui pourraient te venir, s'empressa-t-elle d'ajouter. Tu as déjà prouvé que tu étais capable de t'en prendre à Beth pour… te venger de moi.

— Mais je suis là, non ? Je ne reviens pas sur mes promesses. Je t'ai promis d'acheter le foyer au prix initialement fixé et je le ferai.

Comment osait-elle prétendre qu'elle n'avait pas peur de lui ? Il la mettait mal à l'aise — assez, en tout cas, pour qu'elle jette des regards inquiets en direction du couloir.

Lorsqu'il fut assez près, il tendit le bras et s'appuya au chambranle de la porte pour lui couper toute possibilité de retraite. Le parfum de son shampooing lui chatouilla les narines, et il aurait suffi qu'il se penche pour effleurer ses cheveux du bout des lèvres… Son regard glissa vers son chemisier peu seyant, comme s'il était mû par une volonté propre. La poitrine de Chase se soulevait rapidement.

Troublé par son propre jeu, Alessandro s'empressa de reculer et la vit soupirer de soulagement.

Il n'était pas question qu'elle lui fasse perdre la tête ! Cela s'était déjà produit une fois, et il n'était pas assez stupide pour réitérer une pareille erreur.

— Je disais qu'il manquait quelque chose chez toi, lui rappela-t-il en la précédant dans le couloir.

Il s'interrompit pour ouvrir la porte et la laisser ramasser son sac et sa mallette.

— Des photos, reprit-il quand elle passa devant lui.

Je m'attendais à trouver des photos émouvantes d'un jeune couple heureux…

Chase se dirigea vers la voiture, la tête haute, en espérant cacher son malaise à Alessandro.

— Nous ne nous sommes pas mariés à l'église, répondit-elle lorsqu'il lui ouvrit la portière.

— Qui a parlé d'église ?

Alessandro prit place à côté d'elle, et la voiture démarra aussitôt.

— Pourquoi me poses-tu toutes ces questions ? murmura-t-elle.

Mais pourquoi murmurait-elle ? La vitre opaque qui les séparait du chauffeur ne devait laisser filtrer aucun son. Les hommes d'affaires ne couraient pas le risque d'être espionnés, même dans leur propre voiture. Ils pouvaient perdre des fortunes à cause d'une simple indiscrétion.

— Ça te rend nerveuse ? demanda Alessandro, provocateur, en se tournant vers elle.

— Je ne suis pas nerveuse. Je refuse de vivre dans le passé, c'est tout. Je crois qu'il est important d'aller de l'avant. Il existe des photos de Shaun et moi, mais je n'ai pas envie de les accrocher aux murs. Si nous parlions du foyer, plutôt ? J'ai apporté mon dossier…

Il posa sa main sur la sienne alors qu'elle se battait contre le fermoir de sa mallette.

— Laisse tomber !

Prise de panique, elle écarta vivement sa main.

— Je croyais que c'était pour ça que tu étais venu me chercher…

— Le mystère des photos m'intéresse davantage. Il n'y en a pas de ton mari : soit. Tu dois conserver un album quelque part… Mais pourquoi n'y en a-t-il pas non plus de tes parents ?

Ses joues s'embrasèrent. Où étaient donc passés ses

parents charmants qui vivaient à la campagne ? Elle était mortifiée. Ce mensonge lui était venu si facilement, huit ans plus tôt… Mais elle n'avait que vingt ans, alors, et ne croyait pas commettre un crime en brossant ce décor rassurant.

Quelle femme aurait accepté d'avouer à un homme beau et riche que personne ne se souciait d'elle ? Que sa mère était morte d'une overdose quand elle avait quatre ans et qu'elle n'avait connu, ensuite, que des familles d'accueil ? Elle avait même pris plaisir à s'inventer des parents capables de comportements normaux : l'aider à faire ses devoirs, l'encourager dans des compétitions sportives, même quand elle finissait bonne dernière…

Elle s'était laissé prendre à la magie de sa propre histoire… jusqu'au jour où elle avait compris qu'elle était tombée amoureuse d'un homme qui ne la connaissait pas. Son mariage n'était que l'une des innombrables choses qu'elle lui avait cachées. Quand elle avait pris conscience de la gravité de son erreur, il était bien trop tard pour faire marche arrière. Elle prenait trop de plaisir à le voir, de toute manière… Cela ne pouvait pas durer.

A présent… Comment échapper au piège qu'elle avait elle-même mis en place ?

— Mes parents… ont émigré en Australie, il y a quelques années.

Elle s'en voulut de ce nouveau mensonge, mais que pouvait-elle faire d'autre ? Au moins, il renoncerait peut-être à rechercher ses parents, si elle les expédiait au bout du monde.

Mais pourquoi les aurait-il cherchés ? La réponse lui vint aussitôt : pour se venger. Il la haïssait, et ne l'interrogeait que pour découvrir des points faibles qu'il pourrait exploiter. Il serait si facile à Alessandro de la briser, s'il découvrait ses secrets, songea-t-elle, gagnée par la nausée.

— Vraiment ? demanda-t-il, étonné.

— C'était un vieux rêve.

— De partir à l'autre bout du monde en laissant leur fille unique derrière eux ?

— Certains désirs sont plus forts que tout, répondit-elle avec prudence. N'as-tu jamais eu envie de partir à l'autre bout du monde en laissant tout derrière toi ?

Même si elle faisait tout pour éviter son regard, elle percevait sa fixité, qui la mettait de plus en plus mal à l'aise.

— Je vais souvent au bout du monde et j'en reviens, se contenta-t-il de répondre.

Chase n'imaginait pas de vie plus triste que de parcourir le monde pour accroître sa fortune. Depuis toujours, elle ne rêvait que de sécurité et de stabilité. Elle avait progressé sur cette voie… et l'idée qu'Alessandro pouvait tout gâcher la terrifiait.

— Je suis surprise que tu cherches encore à compenser les excès de tes parents, murmura-t-elle.

Ces mots lui avaient échappé, et elle les regretta aussitôt. Toute allusion à leur intimité passée ne pouvait être qu'une grave erreur.

— Je suis désolée, s'empressa-t-elle d'ajouter. Je n'aurais pas dû dire ça.

Alessandro ne put s'empêcher de serrer les dents.

Comment avait-il pu se confier à elle, lui révéler ce qu'il n'avait jamais dit à personne ?

Parce qu'elle était unique, tout simplement… Il n'avait jamais rencontré de femme semblable. Elle était à la fois calme et enthousiaste, méfiante et — apparemment — sincère, exubérante et sur la réserve. Elle n'avait ni la naïveté de ses étudiants ni la sophistication de ses collègues. Il croyait avoir trouvé une oasis… Voilà pourquoi il s'était confié à elle alors que leur « relation » lui demeurait incompréhensible. Ç'avait été franchement stupide de sa part.

— Je n'ai aucun goût pour la psychologie de comptoir, déclara-t-il d'un ton sec.

— Moi non plus, assura-t-elle. Mais si je n'ai pas le droit de parler de ton histoire, je ne vois pas pourquoi nous parlerions de la mienne.

Surtout, elle ne voulait pas qu'il l'interroge davantage sur le départ de ses parents pour l'Australie. Comment osait-il sous-entendre qu'ils ne tenaient pas à elle, et qu'ils avaient préféré réaliser le rêve de leur vie ? Elle en était presque triste pour eux… et ne put s'empêcher de sourire à cette idée.

Alessandro, un peu perplexe, ne put s'empêcher de se demander pourquoi elle souriait, en cet instant.

Il aurait payé cher pour savoir ce qui se passait dans sa tête.

— Alors, ce foyer ? grommela-t-il, contrarié par la bonne humeur de Chase.

— Le foyer…, répéta-t-elle avec un soulagement évident.

Elle se lança dans un éloge de l'endroit et de sa propriétaire, et lui raconta des anecdotes, le sourire aux lèvres. Elle lui parla de projets de rénovation qui ne verraient jamais le jour par sa faute, et l'accusa à plusieurs reprises d'avoir un cœur de pierre. Fasciné par son enthousiasme, il renonça à se défendre.

Lorsqu'ils arrivèrent, elle avait les joues roses et les yeux brillants. Elle avait baissé sa garde. Et il avait l'impression d'être revenu huit ans en arrière. Il n'était pas assez stupide pour oublier que cette femme était une menteuse, mais il avait pris un grand plaisir à voir son visage s'animer.

Ils arrivèrent à l'heure au rendez-vous, et Alessandro perçut tout de suite le potentiel du lieu.

Une grande maison victorienne assez délabrée trônait au milieu de plusieurs hectares de pelouses et de jardins. Ce terrain, accessible en bus, était un joyau qui attendait d'être mis en valeur.

Après avoir franchi les grilles en fer forgé de la propriété, ils roulèrent lentement sur un chemin gravillonné, puis s'arrêtèrent devant la maison. La fontaine qui ornait sa cour d'honneur semi-circulaire ne fonctionnait pas.

— Beth a hérité cette propriété de ses parents, expliqua Chase. C'est l'une des raisons pour lesquelles elle voulait la garder. C'est ici qu'elle a grandi…

— Est-ce le moment où tu me répètes que j'ai un cœur de pierre et que mon seul but dans la vie est de m'enrichir aux dépens des autres ?

— Les apparences ne sont pas toujours trompeuses, grommela-t-elle.

Au moins, elle eut l'élégance de rougir.

La propriétaire, Beth, les accueillit à la porte du foyer. C'était une femme d'une soixantaine d'années, qui avait de longs cheveux gris attachés en queue-de-cheval et un visage chaleureux. Si elle lui en voulait de lui arracher son héritage, elle le cachait bien.

— Comme Chase le sait, certaines des filles qui viennent ici sont dans des situations terribles, dit-elle en commençant la visite.

— Et elle le sait parce que… ?

— Parce que je m'intéresse à cet endroit depuis longtemps, s'empressa d'intervenir Chase. Comme je te l'ai dit, j'étais tentée de travailler dans les services sociaux ou dans la police… Je voulais aider les autres. C'est ce que Beth fait depuis toujours.

Alessandro n'en revenait pas de son audace. Comment pouvait-elle jouer les saintes devant lui ? Mais il garda ses pensées amères pour lui et hocha complaisamment la tête à chaque remarque de Beth. Celle-ci lui présenta quelques pensionnaires, qui lui parurent très jeunes et très fragiles. La plupart étaient enceintes ou venaient d'avoir un enfant.

— J'essaie de leur fournir des occupations, expliqua Beth en les entraînant de chambre en chambre. Beaucoup d'entre elles ont interrompu leurs études ou sont tentées de le faire. Il est difficile de suivre une formation quand on doit s'occuper d'un bébé. J'ai plusieurs amis enseignants qui viennent leur donner des cours particuliers. Je suis toujours émerveillée par la bonté dont les gens peuvent faire preuve…

Alessandro rencontra le regard de Chase et esquissa un sourire ironique.

— J'avoue que c'est un trait de caractère auquel je suis rarement confronté…

— J'imagine, répondit Beth en secouant la tête d'un air triste. Chase m'a dit que vous étiez un homme très occupé.

— Je m'étonne encore qu'il ait trouvé le temps de venir ! intervint Chase. Bien sûr, il ne doit penser qu'à ce qu'il fera du terrain dès que l'argent aura changé de mains…

Alessandro était assez joueur pour apprécier le rappel agressif de Chase. On ne pouvait pas l'accuser de se rendre sans s'être battue, songea-t-il en esquissant un nouveau sourire.

— J'effectuerai la transaction dans les meilleurs délais, assura-t-il à Beth.

— C'est une page qui se tourne, n'est-ce pas, Beth ? intervint encore Chase.

— Cette maison va me manquer, c'est sûr, reconnut Beth. Cela n'a sans doute pas beaucoup d'importance pour vous, monsieur Moretti, mais je vis ici depuis mon enfance… A vrai dire, j'envisage d'en profiter pour prendre ma retraite — mais j'aimerais que tu ne le dises à personne, Chase. Bien sûr, j'investirai une partie de la somme dans un autre foyer, dont Franck et Anne s'occuperont.

— Franck et Anne ? demanda Alessandro sans se laisser distraire par les regards réprobateurs de Chase.

Il n'avait pas mauvaise conscience. Bien des vautours étaient prêts à fondre sur Beth et son foyer. La propriété aurait pu se vendre à un prix dérisoire… Son offre était généreuse, et chacun d'eux le savait.

— De très bons amis, qui m'aident depuis longtemps, répondit Beth. Pour ma part, je songe à me retirer sur la côte… J'imagine que vous voulez aussi voir l'extérieur, monsieur Moretti ? Le terrain est vaste… Mes parents y ont consacré beaucoup de temps et d'énergie. Malheureusement, je n'ai jamais eu les moyens de faire entretenir les jardins… J'ai cru comprendre que ce ne serait pas un problème pour vous. Chase m'a dit que vous vouliez construire un centre commercial de luxe…

Dans la bouche de l'une comme de l'autre, « centre commercial de luxe » ressemblait à « Sodome et Gomorrhe »… Pourtant, il ne lut aucune amertume dans l'expression de Beth.

— Cela créera des emplois dans le quartier, rappela-t-il.

Il n'avait pas honte d'être un homme d'affaires, mais il fronça les sourcils en se rappelant les commentaires de Chase sur son mode de vie.

De fait, il avait bien assez d'argent pour cesser de travailler. Cherchait-il à compenser les excès de ses parents, comme elle l'en avait accusé ? Il les avait à peine connus ! Il avait été élevé par une série de gouvernantes avant d'être envoyé en pension à l'étranger.

Ses parents venaient l'un et l'autre de familles aisées. Leur union leur avait procuré une fortune qu'ils avaient dilapidée dans une joyeuse irresponsabilité. En parfait accord avec la mentalité hippie qui régnait en Italie à cette époque, ils avaient organisé des fêtes somptueuses, assisté à des festivals dans le monde entier et acheté plusieurs propriétés qu'ils avaient baptisées « communautés », où leurs innombrables amis pouvaient « renouer avec eux-mêmes ». Pour finir, ils avaient investi ce qui restait de leur fortune dans des fermes expérimentales et des importations de babioles exotiques qui avaient été des désastres commerciaux.

Il avait à peine quitté l'Université quand ses parents étaient morts au cours d'un naufrage, dans les Caraïbes. Il avait dû rassembler les débris de leur fortune et rendre leurs diverses entreprises rentables — ce qu'il avait fait en un temps record.

Il n'y avait rien d'étonnant à ce que le mode de vie de ses parents l'ait incité à rechercher la sécurité financière. Et alors ? Ce n'était pas une femme qui lui avait menti qui allait l'obliger à remettre ses choix en question !

Lorsqu'il recommença à prêter attention aux propos de Beth, celle-ci s'étendait sur les avantages de l'apparition d'un centre commercial dans le quartier. Son enthousiasme semblait un peu forcé. Il était évident qu'elle n'avait pas la moindre envie de quitter cette maison. Malgré lui, il se demanda ce qu'une femme comme elle pourrait bien faire de ses journées au bord de la mer.

Il était plus de midi lorsqu'ils firent leurs adieux à Beth.

— Je vais rentrer à pied, annonça Chase à Alessandro.

— Monte ! ordonna-t-il en lui ouvrant la portière.

Elle ne répondit rien, ce qui lui arracha un soupir exaspéré.

— Ton tailleur n'est pas adapté à cette chaleur, lui fit-il remarquer, en s'approchant dangereusement.

— Je préfère risquer une insolation que de repartir avec toi.

— Je n'aimerais pas avoir ça sur la conscience…

— Tu n'as pas de conscience ! s'exclama-t-elle.

— Parce que tu en as une, toi ?

Chase le fusilla du regard. Il ne semblait ni souffrir de la chaleur ni partager sa mauvaise humeur. Non : il était aussi calme et séduisant que d'habitude. Il avait même réussi à charmer Beth. Il n'était pas arrivé chez elle comme en terrain conquis, et s'était contenté de souligner les avantages de cette vente. Il était si… persuasif ! Elle en était folle de rage. Surtout, elle s'en voulait pour les coups d'œil qu'elle lui avait jetés à la dérobée, et pour les efforts qu'elle avait dû faire pour ne pas se laisser envoûter par sa voix de velours.

— Tu n'as qu'à me déposer à l'arrêt de bus le plus proche, suggéra-t-elle.

— Tu retournes à ton bureau ? Si je t'y accompagne, je pourrais rencontrer tes collègues et dire à ton patron que tu as fait un travail formidable, même si tu n'as pas empêché la vente… Tu pourrais au moins me remercier d'avoir rendu le sourire à Beth.

— Elle n'a pas le sourire ! grommela-t-elle en se résignant à monter en voiture. Et je rentre chez moi… J'ai plusieurs dossiers sur lesquels je peux travailler sans être au bureau.

Elle ne voulait surtout pas le voir prendre d'assaut son lieu de travail.

— Tu évites mon regard, lui fit-il remarquer d'une voix douce. Pourquoi ?

C'était une provocation directe. Elle évitait son regard ? Peut-être, mais elle passait son temps à l'observer à la dérobée, songea-t-elle avec amertume. Incapable de trouver une réplique cinglante, elle leva les yeux, tandis que s'instaurait un silence pesant.

Il la fit tressaillir en effleurant ses lèvres d'un doigt, et elle comprit subitement la vanité de ses efforts. Comment pouvait-elle garder ses distances vis-à-vis d'un homme qui possédait un tel magnétisme ?

Elle n'était plus une avocate qui tenait fermement les rênes de sa vie ; et lui, il n'était plus son ennemi, l'homme qui pouvait la briser. Ils n'étaient plus qu'un homme et une femme, et elle le désirait follement.

— A quoi joues-tu ? parvint-elle à balbutier.

Alessandro esquissa un sourire satisfait avant d'écarter sa main.

— Tu as peut-être raison, murmura-t-il. Ton amie n'a vraiment pas envie de quitter cet endroit. Et je la vois mal finir ses jours au bord de la mer…

Chase plissa les yeux. Où voulait-il en venir ?

— J'ai une proposition à te faire, poursuivit-il. Puisque tu veux me convaincre que tu es une personne compatissante, qui n'aspire qu'à aider les autres, que dirais-tu de me le prouver ?

4.

Chase ne répondit pas aussitôt. Alessandro baissa la vitre qui les séparait du chauffeur pour lui ordonner de les conduire dans un célèbre restaurant français. Le temps qu'elle se ressaisisse, la voiture avait déjà changé de direction.

— Mais qu'est-ce que tu fais ? s'écria-t-elle.

— Nous allons discuter de ma proposition en déjeunant.

— Je t'ai dit que je voulais rentrer travailler !

— Pourquoi ton amie a-t-elle choisi de devenir une bonne Samaritaine ? demanda-t-il sans tenir compte de ses protestations.

Il s'était tourné vers elle et la fixait d'un regard de prédateur.

— Je ne vois pas en quoi l'histoire de Beth pourrait t'intéresser, répliqua-t-elle, méfiante.

— Pourquoi faut-il que tu compliques les discussions les plus inoffensives ? Tu es la personne la plus récalcitrante que je connaisse !

— Parce que tous les gens que tu connais doivent te faire des courbettes, grommela-t-elle, contrariée d'être aussi crispée qu'il semblait détendu.

Alessandro esquissa un sourire amusé.

— Le restaurant où je t'emmène est l'un des meilleurs de Londres. Y as-tu déjà mangé ? Non ? Tu vas te régaler, je t'assure… Alors détends-toi, et parle-moi de ton amie.

— Elle ne semblait pas t'intéresser autant, quand tu baissais ton offre de minute en minute, lui rappela-t-elle avec amertume.

— C'était avant que je ne la rencontre.

Tous ses arguments se heurtaient à un mur, mais elle ne voulait pas se rendre. Si elle cessait de protester, elle risquait de se souvenir qu'il pouvait être drôle, attentif et charmant.

— Elle vient d'une famille aisée, apparemment, insista Alessandro. La voie qu'elle a choisie n'était pas la plus prévisible…

Sa rage et son ressentiment s'étaient réveillés dès qu'il avait posé les yeux sur elle, trois jours plus tôt. Dire qu'il croyait avoir oublié leur histoire… Mais Chase ne lui aurait inspiré que de l'indifférence, s'il avait vraiment surmonté leur rupture. Son désir de vengeance était trop grand pour qu'il y résiste, mais pourquoi faire souffrir quelqu'un d'autre ?

— Beth a eu une enfance… atypique, répondit Chase de mauvaise grâce. Nous sommes amies depuis longtemps. C'est pour ça qu'elle a fait appel à moi quand tu as décidé de la mettre à la rue.

— Tu sais bien que je ne l'ai pas mise à la rue. Mais passons… Comment êtes-vous devenues amies ? Non… Ne me dis rien : c'est ton « envie d'aider les autres » qui vous a rapprochées.

— Je ne savais pas que l'altruisme t'amusait autant, commenta-t-elle avec aigreur.

— Il ne m'amuse pas. Je pense que c'est une qualité admirable. J'ai juste du mal à te l'attribuer…

— Pourquoi m'invites-tu à déjeuner, si tu penses tant de mal de moi ? Pourquoi ne me laisses-tu pas rentrer ? La vente est conclue. Ton service juridique peut s'occuper des formalités…

— Parce que je ne veux pas me priver du plaisir de ta compagnie.

Chase se sentit rougir. Etait-il sérieux ? Peu importait, en définitive. Surtout, mieux valait parler de Beth que de s'interroger sur les motivations d'Alessandro.

— En plus d'être fortunés, ses parents étaient des missionnaires, expliqua-t-elle. Beth en parle comme si rien n'était plus banal…

Le souvenir de ses premières conversations avec Beth la fit sourire.

— Je veux dire… Ils ne voulaient pas convertir les gens : ils voulaient les aider. Ils ont loué leur maison — qui est devenue le foyer — et sont partis en Afrique, où ils ont consacré leur argent à des projets d'irrigation et à la construction de divers bâtiments.

— C'étaient des gens bien…, commenta Alessandro.

— Ils sont rentrés en Angleterre après la naissance de Beth, poursuivit-elle. Ils voulaient qu'elle soit scolarisée en Europe. Ils se sont consacrés à diverses œuvres caritatives jusqu'à leur mort, et Beth a éprouvé le besoin d'en faire autant quand elle a hérité de la propriété et de leurs biens. Voilà comment elle a créé le foyer. Mais tout ça doit te paraître bien étrange…

— Fais-moi plaisir : arrête d'avoir des jugements arrêtés à mon sujet, sous prétexte que j'ai un peu d'argent.

— Un peu d'argent ? Tu es riche comme Crésus !

La voiture s'arrêta devant le restaurant.

— Je ne suis pas habillée convenablement pour un endroit de ce genre, balbutia-t-elle, brusquement mal à l'aise.

— Retire ta veste et ouvre les trois premiers boutons de ton chemisier, suggéra Alessandro.

— Pardon ?

Il lui adressa un sourire éblouissant — le sourire qui l'avait incitée à le fréquenter, huit ans plus tôt, alors qu'elle aurait dû s'abstenir.

— Tu m'as bien entendu, répondit-il avant de sortir de la voiture.

Elle retira sa veste, qu'elle laissa sur la banquette, et sortit à son tour.

— Et les boutons ? demanda Alessandro.

Elle resta pétrifiée lorsqu'il s'approcha d'elle pour ouvrir le col de son chemisier avec autorité.

— C'est beaucoup mieux ! Après toi…

Son geste l'avait tellement troublée qu'elle entra dans le restaurant sans prêter aucune attention au lieu. Il avait suffi qu'il ouvre son col avec l'assurance d'un amant ou d'un mari pour qu'elle éprouve le sentiment de lui appartenir.

— Alors ? Quelle est ta proposition ? demanda-t-elle dès qu'ils se furent assis.

Alessandro ignora sa question, et se mit à lui vanter certaines spécialités du restaurant. Elle choisit le premier plat qui lui tomba sous les yeux, sans tenir compte de ses suggestions, et refusa de boire du vin.

— Je ne suis pas là pour le plaisir, lui rappela-t-elle d'un ton sec.

— Mais tu pourrais n'être là que pour le plaisir, n'est-ce pas ? lui demanda-t-il.

— Que veux-tu dire ?

— Que tu n'es plus une femme mariée — à moins que tu ne me caches encore quelque chose…

Chase eut un sourire teinté d'amertume.

— Je ne suis pas près de me remarier ! J'ai déjà donné.

— Tu pleures toujours ton premier époux ? demanda-t-il en se forçant à sourire.

— Je me consacre à ma carrière.

— Cela ne répond pas à ma question, lui fit-il remarquer. Mais peu importe…

Elle aimait donc encore son mari, songea-t-il. Sinon, pourquoi lui aurait-elle fourni des réponses aussi vagues ?

En même temps, elle le désirait encore — il en était certain. Malheureusement, son propre désir n'était pas moins intense. C'était comme une démangeaison dont il devait se délivrer avant qu'elle ne s'aggrave.

Le serveur apporta les entrées et Chase entama sa mousse de crabe sans avoir l'air d'y prendre le moindre plaisir.

— T'impliques-tu aussi personnellement dans tous les dossiers que tu traites ? lui demanda-t-il, curieux.

— Je te l'ai déjà dit : je connais Beth depuis longtemps.

— Elle a plus de soixante ans, lui rappela-t-il.

— Et alors ? riposta Chase, sur la défensive. T'imagines-tu que je ne fréquente que des jeunes gens frivoles ? Trouves-tu anormal que l'une de mes amies ait l'âge d'être ma mère ?

— Je n'ai pas à juger tes fréquentations, répondit-il pour l'apaiser. Mais je me souviens que tu avais peu d'amis, il y a huit ans…

— Qu'en sais-tu ? Nous n'étions pas ensemble en permanence.

Alessandro fut surpris de voir arriver les plats. Que venait-il de manger, déjà ? Décidément, Chase le fascinait beaucoup trop… Et elle fuyait toujours son regard. Que lui cachait-elle ?

— C'est vrai, reconnut-il. Mais je me souviens d'un jour où des étudiants t'avaient proposé de les accompagner à un concert… Tu semblais mal à l'aise et tu t'es débarrassée d'eux le plus vite possible.

— Je… J'étais mariée…

Alessandro se souvint de l'homme au crâne rasé de la photo, et s'aperçut qu'il n'aimait guère parler de lui.

— Avec un homme qui avait le même âge que toi, lui rappela-t-il. Vous sortiez à peine de l'adolescence.

En prononçant cette phrase, il comprit subitement ce qui l'avait attiré en elle : elle était bien plus mûre que tous les gens de son âge — et il n'avait jamais deviné pourquoi.

— Je n'ai jamais aimé sortir ou faire la fête.

— Vraiment ?

— Pourquoi toutes ces questions, Alessandro ?

Chase sentit que ses joues commençaient à la brûler. Elle avait aimé sortir, à une époque. Elle avait quatorze ou quinze ans et fréquentait des gens plus âgés qu'elle, parce que ceux de son âge avaient des parents qui leur imposaient des limites.

Apprendre lui avait toujours été facile… Elle pouvait sortir autant qu'elle le souhaitait sans que ses notes s'en ressentent. S'amusait-elle vraiment ? Elle se souvenait de boîtes de nuit obscures et du sentiment confus qu'elle n'aurait pas dû se trouver là, que quelqu'un aurait dû le lui interdire…

— Pourrais-tu enfin m'expliquer ce que nous faisons là ? insista-t-elle avec mauvaise humeur.

— Que dirais-tu de sauver le foyer de ton amie ?

— Sauver son foyer ? Que veux-tu dire ? Que tu vas construire ton centre commercial autour de la maison ?

Malgré son refus, quelqu'un avait rempli son verre de vin blanc. Elle en but une gorgée et le trouva délicieux.

— Je ne suis pas sûr que la clientèle des boutiques qui vont s'y installer apprécierait de croiser les protégées de ton amie, répondit Alessandro avec un fin sourire.

Chase ne put se retenir de rire. C'était son premier rire franc depuis leurs retrouvailles. Comment aurait-il pu oublier ce rire ? Elle ne riait pas beaucoup, à l'époque, mais il avait toujours l'impression de voir le soleil sortir des nuages.

— Tu viens peut-être d'avoir une idée brillante, répondit-elle en se penchant vers lui avec un air de conspiratrice. Les clients de tes boutiques se sentiraient forcés de faire des dons pour atténuer leur mauvaise conscience… Beth n'aurait plus jamais de problèmes d'argent !

— C'est une idée…, lui accorda-t-il.

Chase perdit son sourire et se mordit la lèvre.

— Mais ce n'est pas celle que tu as en tête, n'est-ce pas ?

— C'est vrai. Mais elle méritait d'être évoquée, ne serait-ce que parce qu'elle t'a fait rire.

— De quoi s'agit-il, alors ? Je ne peux prendre aucune décision sans l'accord de mon patron, tu sais…

— Ne t'inquiète pas : tu n'auras besoin de consulter personne pour prendre cette décision.

— Soit…

Il lut de la méfiance dans son regard et ne put s'empêcher de sourire.

— Ma proposition n'a rien d'illégal non plus, précisa-t-il. Si tu l'acceptes, ton amie gardera son foyer… et j'y investirai une somme suffisante pour éponger ses dettes et assurer le bon fonctionnement du lieu pendant des années.

Chase resta pétrifiée durant quelques secondes, puis posa ses couverts et s'essuya les lèvres. Elle scrutait le visage d'Alessandro comme si elle espérait découvrir le piège qu'il lui tendait.

— Et tu ferais tout ça parce que… ?

Abandonnant brusquement son air méfiant, elle lui adressa un sourire radieux.

— Je sais ! s'écria-t-elle en posant sa main sur la

sienne. La manière dont elle gère le foyer t'a impressionné, n'est-ce pas ? Comment rester insensible devant les efforts de Beth pour aider ces filles ? Je suis si contente, Alessandro !

Elle était vraiment heureuse… et il était fier d'avoir provoqué cet élan de joie.

— Je peux l'appeler pour le lui dire ? demanda Chase. Non… Pardonne mes réflexes d'avocate, mais j'aimerais que tu mettes cet engagement par écrit. Beth sera folle de joie ! Entre nous, je crois qu'elle n'avait aucune envie de prendre sa retraite…

— Alors, cette idée te paraît bonne ?

— Evidemment !

Même si Chase se méfiait de la rancœur d'Alessandro à son égard, elle le savait bon et généreux. Les conférences qu'il avait données à l'Université n'étaient pas rémunérées, et il avait consacré beaucoup de temps à aider certains étudiants en difficulté. Il n'était pas seulement beau et intelligent ; il l'avait séduite parce qu'il possédait des qualités humaines qu'elle n'avait trouvées chez personne d'autre.

— Bien sûr, rien n'est gratuit en ce bas monde, ajouta Alessandro en secouant la tête, comme s'il le regrettait sincèrement. Tout ça va me coûter une petite fortune…

Chase perdit son sourire. Le serveur apporta l'addition à cet instant, et Alessandro paya avant qu'elle ait trouvé son porte-monnaie dans son sac.

— C'est donc un prêt que tu proposes, répondit-elle quand le serveur s'éloigna. A quel taux ?

— Tu es prête ?

Déçue, Chase ramassa son sac et se leva. Quel jeu jouait-il ? Il avait fait miroiter un véritable miracle devant ses yeux… Etait-ce pour le seul plaisir de briser son espoir ? Si Beth avait voulu emprunter de l'argent, elle se serait adressée à une banque. A vrai dire, elle l'avait fait et n'avait reçu que des réponses négatives. Alessandro le savait-il ? Voulait-il en profiter pour imposer des taux d'usurier ?

— J'y ai vraiment cru, tu sais, dit-elle avec amertume en montant en voiture. J'ai vraiment cru que tu voulais corriger une injustice… Que tu étais encore l'homme qui a offert des stages à deux étudiantes et aidé ce groupe d'étudiants asiatiques à régulariser leur situation administrative…

— Tu t'en souviens ? Ces filles ont fait de belles carrières ! L'une des deux a eu un enfant l'année dernière. Quant aux étudiants asiatiques, ils travaillent dans ma succursale de Hong Kong.

— Tu ne les as donc pas perdus de vue…, murmura-t-elle avant de refouler son attendrissement. Où m'emmènes-tu ?

— Dans un endroit où nous pourrons discuter de ma proposition sans risquer d'être entendus.

— Beth ne pourra jamais te rembourser ce prêt.

Elle devait à tout prix se concentrer sur la situation présente. Malheureusement, le souvenir de l'homme charmant qui l'avait séduite la hantait.

— Ai-je parlé d'un prêt ?

— Je n'y comprends plus rien, Alessandro.

Elle remarqua subitement qu'ils avaient quitté le centre-ville et traversaient un quartier qu'elle connaissait mal.

— Et tu ne m'as toujours pas dit où nous allions… Ce n'est pas le chemin qui va chez moi.

— Bien vu : c'est le chemin de chez moi.

— Quoi ?

Son cœur s'affola. Elle n'avait aucune envie d'aller chez lui ! De toute manière, sa proposition n'était sans doute qu'un nouveau jeu cruel…

— Arrête la voiture ! ordonna-t-elle. Je veux descendre immédiatement.

— Calme-toi…

— Je suis parfaitement calme !

— Comme un volcan au bord de l'éruption, ironisa-t-il. Détends-toi… Nous serons chez moi dans dix minutes.

Elle n'avait aucune raison de mettre les pieds chez lui. Depuis qu'ils s'étaient retrouvés, elle n'avait qu'une ambition : tracer une frontière claire entre les plans personnel et professionnel. Or, Alessandro faisait tout pour l'embrouiller ! Après avoir envahi sa maison, voilà qu'il l'entraînait dans son univers…

Alors que la panique la gagnait, la voiture s'engagea dans un quartier dont toutes les maisons étaient protégées par de hauts murs et des grilles en fer forgé. Elles étaient spectaculaires, et serties dans des écrins de verdure. Toutes les voitures qu'ils croisaient ou qu'elle apercevait dans les allées étaient des modèles haut de gamme.

Voilà donc où il vivait… Cela dépassait tout ce qu'elle avait imaginé à vingt ans.

— Je ne suis pas à l'aise, avoua-t-elle lorsque la voiture entra dans l'une des propriétés.

— Quant à moi, c'était le fait d'avoir une conversation privée dans un lieu public qui me mettait mal à l'aise, répondit Alessandro.

— Notre conversation n'avait rien de privé, rétorqua-t-elle alors que le chauffeur ouvrait sa portière.

Malgré tous ses efforts pour rester maîtresse d'elle-même, elle se laissa impressionner par l'immense bâtisse. Ses grandes portes noires étaient ornées de heurtoirs en cuivre et encadrées par des arbustes en pots parfaitement taillés.

Alessandro ouvrit la porte et s'effaça pour la laisser passer.

— J'aime ton réflexe de me contredire à propos de tout. Quelle bouffée d'air frais ! C'était déjà un bonheur, il y a huit ans…

Chase ne répondit rien. Elle était trop ébahie pour cela. En plus d'être immense, la maison était d'un luxe exquis. Le sol de marbre était agrémenté de grands tapis. Les tableaux qui ornaient les murs, de tailles diverses, étaient connus. Qui donc possédait des tableaux connus ? L'escalier monumental qui menait au premier étage était surplombé par un vitrail qui créait une atmosphère féerique.

Lorsqu'elle parvint à se ressaisir, Alessandro la fixait.

— Cette maison est magnifique, fit-elle poliment remarquer.

Alessandro observa son entrée majestueuse comme s'il la découvrait, puis haussa les épaules.

— Je m'y sens bien, répondit-il simplement. Suis-moi !

— Je ne comprends toujours pas pourquoi tu m'as amenée ici, protesta-t-elle en le suivant dans une cuisine qui semblait flambant neuve.

Elle se percha sur un tabouret, et le regarda s'approcher du percolateur avec un air perplexe.

— T'es-tu déjà servi d'un seul de ces appareils ? demanda-t-elle en réprimant un sourire.

Elle se souvint tout à coup qu'il lui avait avoué ne pas savoir cuisiner. Alessandro lui jeta un coup d'œil par-dessus son épaule et demanda :

— Tu ne veux pas de café, n'est-ce pas ?

— Si j'en voulais un, tu saurais me le faire ?

— C'est peu probable.

— Un thé m'ira très bien.

Elle avait mal mesuré l'ampleur de sa fortune, à vrai dire. Cette maison était, de toute évidence, celle d'un homme qui pouvait tout s'offrir.

— Je m'en sors très bien avec une bouilloire et des sachets de thé ! répliqua-t-il.

Il ouvrit plusieurs placards avant de trouver le thé.

— Je viens rarement dans cette pièce, ajouta-t-il

pour se justifier. J'ai une gouvernante qui se charge de l'approvisionnement, et un cuisinier qui prépare mes repas quand je suis là…

— Tu as bien de la chance.

Elle accepta la tasse qu'il lui tendit — une tasse en porcelaine d'une forme étrange, ornée d'un motif Arts déco.

— Pourquoi as-tu une cuisine aussi bien équipée, si tu ne t'en sers jamais ?

— Parce que je suis un éternel optimiste.

Pourquoi fallait-il qu'il fasse de l'humour ? Elle ne voulait pas se souvenir qu'il pouvait être drôle, et encore moins se montrer vulnérable en riant !

— Maintenant que nous sommes chez toi, si tu m'expliquais en quoi consiste ta proposition ? suggéra-t-elle, pour revenir sur un terrain moins dangereux.

— Tu n'as pas la moindre idée de ce que j'éprouve quand je repense à ce que tu m'as fait…, murmura Alessandro.

— C'est… pour parler de ça que tu m'as attirée ici ? balbutia-t-elle.

Elle changea de position et voulut détourner les yeux. Pourquoi était-ce si difficile ?

— Mais ce qui est fait est fait ! reprit Alessandro. A quoi bon ressasser le passé ? Je devrais te laisser poursuivre ta route et disparaître de ma vie… Malheureusement, je n'arrive pas à m'y résoudre.

La réponse de Chase fut prononcée d'une voix à peine audible.

— Comment ? demanda-t-il.

Chase s'éclaircit la gorge et tâcha de se convaincre qu'il n'était qu'un adversaire comme les autres, à ceci près qu'ils s'étaient connus dans un lointain passé. Tous ses efforts furent vains. Les paroles d'Alessandro avaient réveillé une flamme qu'elle ne savait pas éteindre.

— Qu'est-ce qui t'en empêche ? murmura-t-elle.

— Toi.

Cette brève réponse résonna quelques secondes dans un silence qui accrut son trouble. Alessandro savait bien ce qu'il faisait, de toute évidence.

— Je ne comprends pas ce que tu veux dire.

— Bien sûr que si ! répondit-il. Pourquoi perdre du temps à jouer les hypocrites ? Le résultat sera le même. Malgré ce qui s'est passé entre nous, et même si je n'ai aucun respect pour toi, je te désire encore. Et je sais que c'est réciproque… Inutile de le nier. J'ai bien vu la manière dont tu me regardes quand tu crois que mon attention est retenue ailleurs… et la manière dont ton corps réagit quand je m'approche de toi. Nous sommes attirés l'un par l'autre, comme il y a huit ans. C'est navrant, mais…

Il haussa les épaules avec une gracieuse nonchalance.

— Tu… Tu es fou…, protesta Chase.

Mais tout son corps trahissait son émoi.

— Vraiment ? demanda-t-il.

Hypnotisée, elle le regarda s'approcher d'elle et s'appuyer au comptoir pour l'emprisonner entre ses bras.

— Je suis l'avocate de Beth, lui rappela-t-elle, le cœur affolé. Bien sûr, nous nous connaissons, mais…

En lui caressant la joue, il lui ôta toute possibilité d'achever sa phrase.

S'ils ne s'étaient jamais touchés, leur relation avait été électrisée par un désir sous-jacent qui ne demandait qu'à resurgir. Qu'il lui était difficile, en cet instant, de ne pas s'abandonner à la caresse d'Alessandro !

— Sois raisonnable, s'il te plaît…, lui dit-elle.

— Ce n'est pas le message que m'envoie ton corps, objecta-t-il.

— Je ne veux pas que nous nous lancions dans une nouvelle relation…

— Qui parle de relation ? s'empressa-t-il de répondre. Je préférerais avoir une relation avec un serpent venimeux ! Non : j'ai juste envie de coucher avec toi, comme tu as envie de coucher avec moi. Avoue que tu aimerais finir ce que nous avons commencé, toi aussi.

Chase voulut protester, mais ne trouva rien à dire. Le regard brûlant d'Alessandro paralysait sa raison.

Son imagination, en revanche, s'emballa complètement. Tous les fantasmes qu'elle avait nourris huit ans plus tôt l'assaillirent. Elle crut presque sentir les lèvres d'Alessandro sur ses seins et ses doigts entre ses cuisses…

— Voici ce que je te propose, reprit-il : je rends son foyer à Beth et je lui offre les moyens de le rénover à condition que tu deviennes ma maîtresse et que tu le restes aussi longtemps que je le voudrai.

— Tu es prêt à payer pour coucher avec moi ?

— Je veux seulement prendre ce que tu es prête à donner. Et ne me dis pas que tu n'as pas envie de moi… Ce serait un gros mensonge.

Elle posa ses mains sur ses épaules quand il pressa ses lèvres contre les siennes. Au lieu de le repousser, comme elle le voulait, elle se surprit à lui caresser le torse et à lui rendre son baiser avec ardeur. Pire : elle eut envie de le retenir lorsqu'il s'écarta d'elle.

— La preuve est faite, non ? demanda-t-il.

Cet homme n'avait peut-être aucun respect pour elle, mais le tremblement de sa voix prouvait qu'il la désirait follement.

— Donnons-nous les moyens de tourner la page, reprit-il. Dans quelques semaines, tout au plus, tu retrouveras ta vie normale et tu auras fait le bonheur de ton amie.

Chase se leva et croisa les bras, comme pour se protéger.

— C'est hors de question, Alessandro !

Il haussa les épaules avec une indifférence qui lui parut feinte.

— Tu as quarante-huit heures pour me fournir ta réponse.

— Je viens de te la fournir ! s'écria-t-elle.

Alessandro la fixa pendant quelques secondes.

— Quarante-huit heures, répéta-t-il. Peut-être changeras-tu d'avis après… y avoir réfléchi.

5.

Beth téléphona le soir même, folle de joie. Elle allait peut-être garder le foyer !

— Que veux-tu dire ? lui demanda prudemment Chase.

Elle avait essayé de se remettre au travail en rentrant chez elle, mais la proposition d'Alessandro l'obsédait. Elle était sortie de chez lui indignée, et il n'avait pas essayé de la retenir — ce qui prouvait son arrogance. Cette attitude aurait dû suffire à la dégoûter de lui, vu qu'elle détestait l'arrogance !

Malheureusement, il avait su ranimer une part d'elle-même qu'il ne lui était plus possible d'ignorer. Il avait suffi qu'il l'embrasse pour semer le chaos dans sa vie. Comme huit ans plus tôt, quelque chose la poussait à agir en dépit du bon sens. Alessandro avait bien identifié ce « quelque chose » : c'était l'attirance sexuelle.

— M. Moretti m'a appelée, expliqua Beth.

— Ah…

— Il est beaucoup plus humain que je ne le croyais, poursuivit son amie. Je l'avais pris pour un homme d'affaires sans scrupule…

Chase leva les yeux au ciel.

— Qu'est-ce qu'il t'a dit ?

— Que vous aviez peut-être trouvé un moyen de préserver le foyer. Ça me ferait tellement plaisir, Chase ! Je ne savais pas comment annoncer aux filles qu'elles devaient quitter les lieux. Et, pour tout t'avouer, j'avais du mal à m'imaginer au bord de la mer, prenant le thé avec d'autres retraités…

— Je suis sûre qu'il y a des tas de choses à faire en bord de mer, objecta-t-elle. Beaucoup de gens y vont pour… faire du bateau.

Elle était outrée. Il lui avait promis quarante-huit heures de réflexion ! Mais comment avait-elle pu être aussi stupide ? Alessandro ne pouvait pas manquer de faire pression sur elle.

— Tu me vois sur un bateau ? demanda Beth.

— M. Moretti t'a-t-il expliqué son idée ? demanda-t-elle prudemment.

— Non. Il m'a dit qu'il préférait que ça ne s'ébruite pas. C'est sûrement une histoire d'impôts…

— Pardon ?

— Les gens qui font des dons bénéficient d'exonérations fiscales, non ?

Mieux valait la laisser dans l'ignorance, songea Chase en soupirant.

— Parfois.

— En tout cas, son appel m'a redonné espoir. Je sais ce que tu vas me dire : je ne dois pas m'emballer trop vite… Mais j'ai un bon pressentiment. J'ai tout de suite senti que M. Moretti s'intéressait vraiment aux problèmes du foyer.

Ou c'est un très bon comédien, songea Chase avec amertume.

Elle écouta Beth faire l'éloge d'Alessandro pendant encore quelques minutes, et appela celui-ci dès qu'elle eut raccroché.

— C'est un coup bas ! lui lança-t-elle sans préambule.

*
* *

Alessandro venait juste de mettre fin à une longue conférence téléphonique quand Chase appela, à 21 heures. Il retira sa veste, qu'il venait d'enfiler pour partir, et s'installa sur le canapé de son bureau.

— J'en déduis que Beth t'a appelée, répondit-il. Je m'y attendais un peu. Elle était si contente… C'est une femme charmante.

— Tu n'es qu'un sale manipulateur !

Chase avait bien des défauts, mais c'était la femme la plus fougueuse qu'il connaissait, songea-t-il, le sourire aux lèvres. On devait finir par s'en lasser, mais c'était incontestablement vivifiant.

— Allons… Comment oses-tu t'adresser ainsi au chevalier servant de ton amie ?

— Que lui as-tu dit ?

— Nous avons eu une longue conversation. Je t'en parlerai quand nous nous verrons.

— Comment as-tu osé ?

— Osé quoi ? Faire plaisir à cette femme charmante ?

— Me forcer la main ! Non… Inutile de me répondre : je comprends très bien pourquoi tu l'as fait.

— Je suis ravi que tu me connaisses aussi bien, ironisa-t-il. Cela évitera les malentendus. Tu devrais te remettre au travail. Je t'appelle demain matin, d'accord ?

— Je n'ai pas pu travailler de la journée !

— Parce que tu pensais à moi ?

Chase émit un grognement exaspéré.

— Tu devrais essayer de dormir, dans ce cas, lui suggéra-t-il. Nous en reparlerons demain. Ou plus tard, si tu préfères… Je t'ai laissé quarante-huit heures pour réfléchir, après tout.

Chase resta abasourdie quand il lui raccrocha au nez. Il n'avait rien écouté ! Et elle avait encore tant de colère à exprimer… Exaspérée, elle abandonna toute ambition de travailler et alluma la télévision.

Elle ne regarda que d'un œil un film policier où les meurtres se succédaient et commençait à somnoler quand le bruit de la sonnette la fit sursauter.

Alessandro, songea-t-elle en regardant sa montre.

Avait-il vraiment l'audace de sonner chez elle à plus de 22 heures passées ?

Bien sûr que non ! Pourquoi un requin se donnerait-il la peine de pourchasser un poisson qui était sur le point de se jeter dans sa gueule ?

Ce devait être Beth… Chase enfila ses chaussons et se dirigea vers la porte d'entrée, se demandant quoi lui dire pour tempérer son enthousiasme.

Elle resta bouche bée en découvrant sur son perron Alessandro, qui entra sans attendre qu'elle se ressaisisse.

— Règle nº 1 : quand on habite à Londres, ne jamais ouvrir sa porte sans savoir qui se trouve derrière. J'aurais pu être n'importe qui.

Sa manière d'investir les lieux lui donna l'impression d'être une intruse dans sa propre maison.

— Malheureusement pour moi, tu es toi ! riposta-t-elle en croisant les bras. Que fais-tu là ?

— Tu as dit que tu n'arrivais pas à travailler parce que tu pensais à moi… Il m'a paru naturel de te rejoindre.

— Je n'ai jamais dit ça !

Malgré elle, elle remarqua que son jean noir et son polo gris lui allaient à merveille. Par contraste, elle se sentit particulièrement minable, dans son pantalon de jogging et son vieux T-shirt déformé. Pire : elle ne portait pas de soutien-gorge et sentait les extrémités de ses seins se tendre.

— J'ai dû mal comprendre, répondit-il. Toutes mes excuses… M'offrirais-tu un café, maintenant que je suis là ?

— Je ne vais rien t'offrir du tout !

— Tu n'as pas envie de te défouler sur moi ? Tu semblais folle de rage, tout à l'heure…

— Parce que tu as appelé Beth derrière mon dos pour lui dire qu'elle avait une chance de garder son foyer ! Pire : tu lui as dit que j'avais quelque chose à voir là-dedans…

Alessandro la regarda comme s'il était surpris de l'entendre contester une évidence.

— Mais tu as quelque chose à voir là-dedans.

— Que lui as-tu dit ?

— Que nous réfléchissions à un moyen de sauver son foyer et de le remettre à flot.

— Parce que tu es un bon Samaritain, c'est ça ?

— Je crois que nous aurions tort de nous engager sur cette voie… Quoi que tu penses de mes principes moraux, tu n'es pas en position de jeter la première pierre.

Désemparée, Chase se mordit la lèvre, puis capitula.

— Je vais faire du café, annonça-t-elle avant de disparaître dans la cuisine.

Il leur faudrait mettre les choses au point à un moment ou à un autre, alors pourquoi pas maintenant ?

Lorsqu'elle regagna le salon avec deux tasses fumantes, Alessandro s'était installé sur le canapé. Il semblait tout à fait détendu et affichait un sourire satisfait.

— Tu m'avais donné quarante-huit heures pour réfléchir ! lui lança-t-elle.

— Tu les as toujours, répondit-il d'une voix calme. Rien n'a changé. J'ai un peu corsé les choses, c'est tout.

— Ce n'est pas juste !

— Tu es aussi calculatrice que moi, alors ne joue pas les indignées…

Malgré le détachement avec lequel il s'était efforcé de prononcer ces mots, Alessandro sentit que Chase l'obsédait. Plus il pensait à elle, plus il avait besoin de la faire sienne — et sa patience avait des limites.

Il n'était pas rancunier de nature. S'il avait besoin de se venger d'elle, c'était parce qu'elle avait joué avec ses émotions, parce qu'il s'était montré vulnérable devant elle… En même temps, il n'ignorait pas qu'il jouait avec le feu. Il l'avait échappé belle, à l'époque. Il se l'était répété chaque fois qu'il avait pensé à elle au fil des ans. Toute relation avec une femme aussi hypocrite ne pouvait se solder que par un désastre.

— Tu es tellement sûr de me connaître…, murmura Chase avec amertume.

— Ce qui signifie ?

— Rien. Tu me places dans une situation horrible !

— Ce n'est qu'un juste retour des choses.

— Tu ne m'apprécies pas. Tu ne me respectes pas. Alors pourquoi veux-tu me prendre pour maîtresse ? Tu n'as qu'à claquer des doigts pour coucher avec qui tu veux… Pourquoi harcèles-tu quelqu'un qui n'en a pas envie ?

Dès qu'elle eut prononcé ces mots, Chase ne put s'empêcher de se projeter dans l'avenir.

Si elle rejetait la proposition d'Alessandro, le foyer allait devenir un centre commercial et Beth finirait ses jours au bord de la mer, triste et frustrée. Que resterait-il de leur amitié ? Beth lui pardonnerait-elle d'avoir échoué alors qu'elle ne pourrait jamais lui expliquer pourquoi ?

— Parce que j'aime les défis, répondit Alessandro, parfaitement calme.

— Et tu me vois comme un défi…

Mais à quoi bon se lamenter sur l'injustice de la situation ? Si Alessandro aimait les défis, elle s'était juré de ne plus jamais baisser les bras.

Par ailleurs, leur histoire était effectivement inachevée.

Combien de fois avait-elle rêvé de ce qui aurait pu se passer si elle s'était trouvée dans une autre situation ?

Et ces rêves lui étaient revenus dès qu'Alessandro était réapparu dans sa vie. Son bon sens avait lutté contre sa faiblesse… et il avait perdu. Elle ne pouvait pas s'empêcher de regarder Alessandro, d'imaginer…

— Oses-tu prétendre que ce n'est pas réciproque ? demanda-t-il d'un ton provocateur.

— Cette situation est… si bizarre !

— Mais ma proposition n'est pas absurde, avoue-le. Nous sommes toujours attirés l'un par l'autre. Il suffirait d'oublier le passé et notre amertume…

Malgré elle, Chase imagina les mains d'Alessandro sur son corps. Depuis des années, elle évitait tout contact avec l'autre sexe. Les prétendants n'avaient pas manqué — et certains s'étaient montrés plus qu'insistants —, mais elle ne voulait plus avoir affaire aux hommes.

Et voilà qu'elle approchait de la trentaine en n'ayant presque aucune vie privée. N'était-il pas temps qu'elle se mêle aux vivants ? Si elle était honnête, il lui fallait reconnaître que la manière dont les choses s'étaient terminées entre Alessandro et elle l'en empêchait autant que le souvenir de Shaun.

— Peut-être, mais c'est une manière si froide et détachée d'envisager les choses…, protesta-t-elle.

Alessandro esquissa un sourire ironique.

— Tu aimerais que je te fasse la cour ? Que je t'offre des fleurs et des chocolats ? Je suis déjà tombé dans ce piège… Et je n'ai pas pour habitude de répéter mes erreurs.

Chase sentit son cœur s'affoler. Elle était au bord du précipice, et elle avait déjà un pied dans le vide. Mais elle était plus âgée, plus forte et plus sage qu'à l'époque de leur rencontre. Le détachement quasi professionnel de la proposition d'Alessandro avait des avantages : elle savait à quoi s'en tenir, et ne risquait pas de souffrir. Leur relation serait raisonnée, et la délivrerait peut-être des regrets qui la hantaient depuis huit ans.

C'était tentant, il fallait l'avouer… Elle cessa brusquement de lutter contre son désir, et ses fantasmes acquirent une telle intensité qu'un vertige la saisit.

— Je ne veux surtout pas que tu me fasses la cour, répondit-elle, le plus froidement possible.

Quand elle avait mis fin à leur relation, il avait dû comprendre qu'elle avait jeté tous ses cadeaux. Heureusement, elle n'avait rien accepté de plus précieux que des fleurs ou des chocolats. Au moins, il ne pouvait pas ajouter le qualificatif « vénale » à la liste de défauts qu'il lui attribuait.

Alessandro comprit alors qu'il avait gagné. Elle était sur le point de lui appartenir… Mais pourquoi ne voulait-elle pas qu'il la courtise ? Sans doute parce qu'elle avait déjà vécu cela avec le seul homme qui ait jamais compté à ses yeux…

Mais cela n'avait aucune importance, après tout. Son mari n'était plus de ce monde, et elle était sur le point de devenir sa maîtresse. Rien ne l'empêcherait de retourner à ses albums photos quand il en aurait fini avec elle… Il aurait obtenu ce qu'il voulait — ce qu'il était prêt à payer très cher, vu la situation financière du foyer. Mais il ne put s'empêcher de demander :

— Parce que les attentions de ton cher époux t'ont suffi, ou parce que tu t'es trop fait courtiser depuis ?

— J'ai été très occupée, ces dernières années… Trop pour m'engager dans une relation.

Chase ne put s'empêcher de rougir en prononçant ces mots.

Qu'il était étrange de lui faire cet aveu… Elle ne se confiait jamais à personne — et cela suscitait la méfiance de ses collègues. Ils ne comprenaient pas pourquoi elle passait son temps à travailler, au lieu de profiter de sa beauté et de sa jeunesse. Elle s'en moquait. Mais elle s'était tellement habituée à tout garder pour elle que la spontanéité de son aveu la stupéfiait.

— Tu veux dire que… ?

— Ça n'a rien d'extraordinaire, coupa-t-elle. Les relations prennent du temps, et j'ai consacré le mien à progresser dans ma carrière.

C'était là le discours d'une femme dure et froide, elle s'en rendait bien compte. Elle ne voulait pas ressembler à ce genre de femme, mais elle n'allait tout de même pas culpabiliser à cause de son sérieux !

— Alors, depuis la mort de ton mari…, insista-t-il.

— J'imagine que ça doit te paraître invraisemblable.

— Pourquoi ?

— Parce que tu as sans doute une vie sexuelle très active. Tu es beau, riche, plein d'assurance… L'abstinence doit te paraître impensable.

— Je l'ai bien supportée, il y a huit ans… Mais ce n'est pas très sain, ajouta-t-il d'un ton tranchant.

— Je ne t'ai pas demandé ton avis ! s'exclama Chase, les joues en feu. Si je t'en ai parlé, c'est seulement parce que ça pourrait t'inciter à changer d'avis.

— Je ne te suis pas…

— Je suis sans doute un peu rouillée dans le domaine qui t'intéresse.

Se sentant terriblement vulnérable, elle se força à rire avec désinvolture. Elle n'avait ni la sophistication ni l'expérience des femmes qu'il devait fréquenter.

Alessandro fronça les sourcils avant de répondre :

— Je m'en accommoderai. Dois-je en déduire que tu as pris une décision ?

— Tu as peut-être raison, au fond, reconnut-elle. Nous avons peut-être intérêt à… finir ce que nous avons commencé. Mais je ne suis pas en train de céder à ton chantage ! J'adore Beth, mais rien ne pourrait me contraindre à faire quelque chose contre mon gré.

Il était important, en effet, qu'il comprenne bien sa position.

Alessandro tapota le dossier du canapé avec un sourire sensuel.

— Tout ce qui compte, pour le moment, c'est que nous allons devenir amants. Si tu t'approchais ?

Son cœur battit encore plus vite. L'idée de le toucher la terrifiait autant qu'elle l'excitait. C'était comme si elle avait sauté d'une falaise. Saurait-elle garder un minimum de contrôle sur la situation ?

— Ça va prendre combien de temps, à ton avis ? murmura-t-elle.

— Pardon ?

— Combien de temps nous faudra-t-il pour venir à bout de notre… attirance réciproque ? Une nuit ? Quelques jours ?

— Comment pourrais-je le savoir ? répondit Alessandro, les sourcils froncés. Et pourquoi s'en soucier ? Pour le moment, j'ai juste envie de te toucher… Alors si nous arrêtions de palabrer et passions aux choses sérieuses ?

Aussitôt, il lui adressa un sourire dévastateur et étendit ses deux bras sur le dossier du canapé. Il était irrésistible, songea-t-elle en frissonnant. Elle s'humecta les lèvres, le rejoignit d'un pas hésitant et s'assit avec raideur.

— Il faut que tu saches…

Alessandro l'empêcha de finir sa phrase en lui caressant le cou.

— Tu parles trop, dit-il d'une voix rauque. Tu parlais déjà trop, il y a huit ans. Tu n'arrêtais pas de me soumettre des problèmes juridiques pour t'entraîner à démolir mes arguments…

Ce souvenir le fit sourire.

Mais que lui arrivait-il donc ? Il se ressaisit, l'attira

dans ses bras et l'embrassa avec avidité. C'était si bon de la toucher… Il n'aspirait plus qu'à lui retirer cet horrible pantalon de jogging pour plonger en elle et se délivrer de sa frustration. Les plaisirs plus subtils pouvaient attendre.

Chase commença par se détendre dans ses bras, puis le repoussa.

— Attends !

— Je ne suis pas sûr d'en être capable, objecta-t-il.

Il s'écarta tout de même, à contrecœur, et ce qu'il vit le stupéfia. L'avocate dure et froide avait disparu pour céder la place à une femme délicate et vulnérable. Comment pouvait-elle avoir l'air vulnérable ?

Bien sûr, c'était déjà l'impression qu'elle lui donnait, autrefois — à l'époque où il s'était montré crédule.

— Je n'ai pas envie de jouer, grommela-t-il. Si tu espères me faire languir une deuxième fois, oublie ça tout de suite ! Je ne suis plus le même homme, Chase. Je n'ai plus aucune patience.

— Je sais bien ! C'est juste que…

— C'est juste que quoi ?

— Laisse tomber…

Elle souleva le bord de son T-shirt avec un air de martyre.

— Bon sang ! s'écria-t-il en s'emparant de ses mains pour arrêter son geste. Pourquoi prétendre que tu en as envie, si ça t'est aussi pénible ?

— Parce que j'en ai vraiment envie…, balbutia-t-elle en rougissant.

— Alors, où est le problème ?

Que lui arrivait-il, décidément ? Ne s'étaient-ils pas mis d'accord sur ce qu'ils attendaient l'un de l'autre ?

— Je pense que tu ne seras pas franchement ravi de le savoir…

— Laisse-moi en décider, tu veux bien ?

Chase inspira profondément.

— Je… Je n'ai jamais… beaucoup aimé le sexe. Je sais que tu es à bout de patience, mais… je ne peux pas coucher avec toi sur ce canapé.

— Tu n'as jamais beaucoup aimé le sexe ? s'écria-t-il, incrédule. Tu étais mariée ! A quel âge, déjà ? Dix-huit ans ? Encore plus jeune ? Prétends-tu que tu étais l'une de ces femmes qui ne couchent avec leur mari qu'en serrant les dents ?

— Je n'ai pas envie de parler de Shaun, répondit Chase, comme par réflexe.

Il l'observa attentivement. Elle était au bord de la panique et faisait tout son possible pour le cacher. Fallait-il vraiment qu'elle lui fasse subir cette épreuve ? Malheureusement, la curiosité l'emporta sur la froide logique à laquelle il tentait d'obéir.

— Pourquoi ne veux-tu pas parler de lui ? grommela-t-il.

— A quoi cela servirait-il ? Les apparences peuvent être trompeuses, tu sais… Mais peu importe ! Ça fait longtemps que je n'ai pas…

— Tu voudrais que je n'aille pas trop vite, c'est ça ?

Elle acquiesça.

— Et si tu me donnais un gage de bonne volonté ? suggéra-t-il en jouant avec l'une de ses mèches. Aller lentement est une chose, rester au point mort en est une autre. On pourrait se déshabiller et voir où ça nous mène… Tu pourrais aussi me faire visiter ta chambre, si tu n'es pas à l'aise sur le canapé. Qu'en dis-tu ?

Il la désirait follement. Dans ces conditions, tant pis s'il devait se compliquer la vie pour triompher de ses réticences !

Chase acquiesça encore.

— Je te préviens : la visite risque de te décevoir,

l'avertit-elle lorsqu'ils s'engagèrent dans l'escalier. Tout mon premier étage tiendrait sûrement dans ton dressing…

Chase lui montra d'abord une chambre d'ami, meublée d'un futon et d'un bureau, puis une salle de bains, avant d'ouvrir la porte de sa chambre.

Il observa la pièce avant d'y entrer. Il y avait des photos de plages désertes accrochées aux murs, et un grand lit à baldaquin au charme suranné. La coiffeuse et l'armoire devaient avoir été achetées chez un antiquaire. Etait-il vraiment le premier homme à entrer dans cette pièce ? Cette idée lui procura un plaisir d'une intensité inattendue. De fait, contrairement à toutes les femmes qu'il avait connues, Chase ne semblait pas ravie de lui ouvrir cette porte.

— C'est ton sanctuaire ? lui demanda-t-il.

— Ça ne l'est plus depuis que tu y es entré.

— Parce que tu m'y as invité, lui rappela-t-il.

Il s'apprêta à défaire la ceinture de son pantalon, puis décida de commencer par enlever sa chemise.

Chase le dévora des yeux — ce qui lui fit autant d'effet que huit ans plus tôt.

— C'est ton tour, l'encouragea-t-il d'une voix rauque.

Retenant son souffle, il la regarda soulever son T-shirt, et trouva son geste d'autant plus érotique qu'il était un peu hésitant. Alors une idée l'effleura : était-ce à cause de ses contradictions que Chase l'excitait à ce point ?

Il contempla son buste avec l'émerveillement incrédule d'un adolescent. Elle avait une taille de guêpe et plus de poitrine qu'il ne l'avait imaginé : jamais elle n'aurait dû dissimuler ses formes sous des tailleurs austères. Maintenant que le haut de son corps était nu, il était facile de deviner la courbe de ses hanches sous son pantalon.

Malgré son excitation, il sentit que Chase était de plus

en plus nerveuse. Elle n'avait certes pas eu le réflexe de cacher ses seins, mais elle semblait prête à s'enfuir.

Il retira alors son pantalon sans la quitter des yeux et s'approcha d'elle.

— Tu as l'air terrifiée, murmura-t-il en s'arrêtant juste avant que leurs peaux ne se touchent. Crois-moi ou non, mais je vais y aller le plus doucement possible…

— Je te crois, répondit-elle en posant les mains sur son torse.

— Si nous nous allongions ? suggéra-t-il.

Elle retira son pantalon de jogging tandis qu'Alessandro se glissait entre les draps, puis le rejoignit. Il se tourna vers elle sans la toucher.

— Parle-moi des photos que tu as accrochées aux murs, murmura-t-il.

6.

Chase l'avait encore pris au piège. Il avait tout fait pour coucher avec elle le plus vite possible, pour cesser de la voir comme une femme inaccessible… Et elle avait joué le jeu ! Elle avait accepté ses conditions, mais elle lui avait paru si vulnérable qu'il s'était contenté de la serrer dans ses bras.

Ce n'était pourtant pas son genre ! Comment avait-il pu se montrer tendre envers une femme qui ne méritait que son mépris ? Il l'avait prise dans ses bras comme une vierge effarouchée — qu'elle n'était pas ! — lui avait parlé, puis l'avait quittée pour rentrer chez lui prendre une douche froide.

Après quoi, il avait passé deux jours à l'étranger pour se ressaisir et lui laisser le temps d'accepter l'inéluctable. Ils avaient conclu un marché, et elle ne pouvait plus se défiler. Il était rentré la veille au soir avec deux billets d'avion pour l'Italie. Alors qu'il s'était juré de ne pas la courtiser, il n'avait pu s'empêcher d'introduire un peu de romantisme dans leur accord.

Désormais, ce qui lui importait le plus, c'était qu'elle s'offre à lui de son plein gré. Il en faisait même un point d'honneur.

Il voulait avoir raison de ses réticences, même s'il ne les comprenait pas. Songeait-elle encore à son mari ? Il tenait à être l'unique objet de ses pensées, au moment où elle s'offrirait à lui. S'il devait faire l'effort de la séduire pour obtenir ce résultat, il le ferait !

Il l'avait appelée l'avant-veille pour l'informer de son idée de séjour en Italie. A sa grande surprise, elle avait aussitôt accepté. Vu qu'elle avait des congés à prendre, lui avait-elle dit, pourquoi pas maintenant ? Il aurait apprécié un peu plus d'enthousiasme, mais il savait déjà qu'elle n'était pas impressionnée par sa fortune.

Alors qu'il l'attendait dans le hall de l'aéroport, il rêva une fois de plus à l'instant où il plongerait en elle pour la première fois. Etant donné que Chase l'avait manipulé et lui avait fait perdre la tête, huit ans plus tôt, elle avait le devoir, aujourd'hui, de le libérer de son amertume.

Enfin, il la repéra dans la foule et lui fit signe.

— Tu as dix minutes de retard, lui dit-il d'un ton de reproche, dès qu'elle l'eut rejoint. Tu aurais dû accepter que mon chauffeur passe te chercher, au lieu de prendre le bus.

Chase retint une réponse cinglante. Son autoritarisme était insupportable ! Mais Alessandro s'était toujours montré autoritaire et impatient… Alors pourquoi gaspiller sa salive ?

— Je t'ai dit que je voulais boucler un dossier avant de partir, se contenta-t-elle de lui rappeler.

Partir en Italie pour une semaine… D'où une telle idée lui était-elle venue ? Elle aurait préféré qu'il s'abstienne. Pourquoi engranger de nouveaux souvenirs qui ne pouvaient que rendre leur rupture plus douloureuse ? Mais Alessandro avait insisté. Avec un peu de chance, le cadre exotique de ces vacances donnerait à leur relation un caractère irréel qui l'aiderait à tourner la page…

Et pourquoi se priver d'un plaisir, après tout ? L'Italie devait être magnifique, en cette saison, et elle allait découvrir la maison d'Alessandro. C'était le seul endroit où il se sentait vraiment chez lui, lui avait-il confié au téléphone. Son ton désinvolte l'avait incitée à penser qu'il serait parti avec ou sans elle. S'il l'avait invitée à l'accompagner, c'était parce qu'elle n'avait pas rempli sa part du marché : être restée tétanisée dans ses bras ne comptait évidemment pas.

Il ne l'aurait sans doute pas invitée s'ils avaient déjà couché ensemble. De toute évidence, il n'aspirait qu'à se venger d'elle.

— Boucler un dossier ? Ce sont les hommes qui disent ça, d'habitude, ironisa Alessandro en s'approchant du comptoir d'enregistrement des bagages.

— Que tu es macho ! s'écria-t-elle. Les femmes qui travaillent ne peuvent pas tout laisser tomber dès qu'une perspective de plaisir se présente ! J'aurai une montagne de dossiers à traiter à mon retour… Ces vacances ne sont vraiment pas raisonnables.

— Je t'intéresse davantage que ta carrière, alors ?

— Je n'ai pas dit ça !

— Tu travailles trop.

— Je n'ai pas le choix, si je veux progresser.

Ils avaient enregistré leurs bagages et s'étaient insérés dans la file d'attente du contrôle de sécurité.

Quelques années plus tôt, Alessandro avait envisagé d'acheter un jet pour échapper aux aéroports bondés, mais l'idée de générer autant de pollution à lui seul l'en avait dissuadé. Il le regrettait, tout à coup. Il aurait infiniment préféré un voyage plus intime.

— Et que veux-tu faire de plus ? lui demanda-t-il.

— J'aimerais développer les activités *pro bono* de Fitzsimmons, jusqu'à en faire une branche à part entière du cabinet.

— Et tu ne comptes pas te remarier ? Je suis sûr que tes parents aimeraient avoir des petits-enfants à choyer, quand tu leur rends visite… A moins que les voyages en Australie ne nuisent à ta carrière ?

Chase se raidit sans qu'il comprenne pourquoi, puis répondit :

— L'Australie, c'est bien loin.

— Je sais : j'y suis allé. Tu ne m'as pas dit où tes parents habitaient, au fait… C'est un grand pays.

— Tu ne peux pas connaître, rétorqua-t-elle d'un ton un peu cassant. Ils habitent une petite ville dans la banlieue de… Melbourne. Je n'ai vraiment pas envie de parler d'eux, tu sais… Et tu ne m'as pas invitée pour que je raconte ma vie !

— Effectivement, grommela-t-il en scrutant son visage impénétrable.

Pourquoi Chase refusait-elle de se confier à lui ? Son attitude le mettait de mauvaise humeur. Toutes les femmes qu'il avait connues s'étaient empressées de lui livrer leurs secrets, avec l'espoir de le voir s'attacher à elles. Sa propre curiosité le contrariait : elle prouvait qu'il commençait à envisager les réticences de Chase comme un défi. Il s'en lançait beaucoup trop, ces derniers temps… Pourquoi la perspective de coucher avec elle ne lui suffisait-elle pas ? Voilà qu'il désirait qu'elle se livre à lui de son plein gré, qu'elle oublie son mari, qu'elle lui livre ses secrets…

Jusqu'où cela irait-il ?

— Je voulais juste bavarder, ajouta-t-il avec une politesse froide.

— Désolée, je me suis emportée…

— Laisse tomber. Tu as raison : ta vie ne m'intéresse pas.

Chase ne répondit rien.

Elle savait bien que sa vie ne l'intéressait pas. Une seule chose l'intéressait. D'un hochement de tête, elle lui signifia qu'elle comprenait la situation.

Elle se détendit un peu lorsqu'il se mit à lui parler de ses affaires, et plus encore quand ils évoquèrent Beth.

Ils se trouvaient dans une situation étrange, mais elle pouvait y faire face tant qu'elle restait maîtresse d'elle-même. Avant tout, elle ne devait pas oublier que leurs intérêts convergeaient : tous deux avaient un vieux démon à apaiser.

Lorsqu'ils atterrirent à l'aéroport de Gênes, il faisait un temps magnifique, et Chase eut tout de suite le sentiment d'être en vacances.

— Je n'ai pas pris de congés depuis bien longtemps, confia-t-elle à Alessandro, en montant dans la limousine qui les attendait. A vrai dire, je n'ai fait qu'un seul voyage à l'étranger — une semaine de thalasso en Grèce.

— Dans ce cas, il faut que je te fasse visiter mon pays… si nous en trouvons le temps. Il peut être difficile de sortir d'un lit, quand on est en bonne compagnie…

Alessandro ne cessait de se le répéter : il fallait impérativement que ces vacances aient raison de sa stupide obsession ! Il n'avait pas invité Chase pour qu'ils apprennent à se connaître. Il avait déjà joué à ce jeu — pour découvrir qu'il était le seul à en respecter les règles.

Cette fois, il ne ferait que les efforts nécessaires pour atteindre son but.

Irrité par ses propres contradictions, il joua les guides touristiques par pur réflexe. Il vanta la beauté de la côte italienne et raconta quelques anecdotes historiques. Malgré lui, il s'émut lorsqu'il se mit à parler des oliveraies qui avaient appartenu à ses ancêtres, et que ses parents avaient vendues pour financer leurs plaisirs.

— Tu pourrais racheter ces oliveraies et t'installer ici, lui fit remarquer Chase. Cet endroit est si beau… Je ne comprends pas ce que tu fais à Londres !

Chase ne pouvait s'empêcher de se dire que jamais elle n'avait contemplé de paysage aussi somptueux.

— Je séjourne ici de temps à autre, répondit-il d'une voix neutre. Ça me suffit.

— Combien de fois par an ?

— Tu es bien placée pour savoir qu'il n'est pas facile de prendre des vacances, quand on tient à sa carrière.

Elle se raidit.

— C'est vrai, je tiens à ma carrière, reconnut-elle.

— Je l'avais compris.

— Tu dis ça comme si tu trouvais aberrant qu'une femme travaille.

— Bien au contraire ! J'ai confié plusieurs postes importants de mon entreprise à des femmes.

— Mais tu ne t'imagines pas sortir avec une femme qui tient à sa carrière.

— Je leur trouve peu de charme, reconnut-il.

Elle se contenta de lever les yeux au ciel et de soupirer. Le cadre était bien trop agréable pour qu'elle se mette en colère.

— Parce que tu es un dinosaure, conclut-elle.

Huit ans plus tôt, elle s'était souvent moquée de ses idées désuètes, qui s'expliquaient sans doute par les excès de ses parents.

— Et je suppose que tu ne t'imagines pas sortir avec un dinosaure, répliqua-t-il. Comment était ton mari ?

La soudaineté de la question la désarçonna. Elle n'avait pas la moindre envie, en cet instant, de parler de Shaun. Mais elle ne pouvait qu'attiser la curiosité d'Alessandro en refusant de répondre.

— Je l'ai rencontré à quinze ans, dans une boîte de nuit.

— Comme c'est romantique… Et ç'a été le coup de foudre ?

— Nous avions beaucoup de choses en commun.

— C'est toujours une bonne base, commenta-t-il d'un ton ironique.

— C’est ce qu’on dit…

— Et il n’était pas assez intelligent pour faire des études ?

— Shaun était très intelligent, répondit-elle sans parvenir à dissimuler son amertume.

Elle se sentait de plus en plus mal à l’aise. Comment pouvait-elle parler de Shaun sans livrer des indices sur sa vie passée ? Elle ne craignait plus vraiment qu’Alessandro raconte son histoire à ses collègues de travail… Elle ne l’imaginait pas agir ainsi.

Ce qu’elle craignait — à sa grande consternation, — c’était le mépris qu’il aurait pour elle s’il découvrait la vérité. Le parcours d’Alessandro était irréprochable. Leur relation n’avait pas d’avenir, elle le savait bien. Mais elle voulait qu’il continue à la prendre pour une femme ambitieuse au passé ordinaire, le jour où ils rompraient.

Etait-ce si insensé ? Ils pouvaient se revoir par hasard. Alessandro pouvait être amené à parler d’elle avec quelqu’un qu’elle connaissait. Même s’il ne révélait rien, comment pourrait-il masquer les sentiments qu’elle lui inspirerait ?

— Intelligent en quel sens ? insista-t-il.

— Au sens où il savait se débrouiller dans la vie…

Alessandro ne put s’empêcher de repenser à la photo qu’elle lui avait montrée, huit ans plus tôt.

— Et ton mari débrouillard avait un emploi ?

— Il était… chauffeur. Il a perdu son travail peu avant l’accident. C’était moi qui lui avais acheté cette moto. J’avais mis un peu d’argent de côté et je voulais fêter ma première promotion…

— Et tu as fêté ta promotion en lui achetant une moto. N’était-ce pas plutôt à lui de te faire un cadeau ? Mais peut-être est-ce encore une idée de dinosaure…

— Parlons d’autre chose, s’il te plaît… Dis-m’en plus

sur la région ! C'est étonnant de voir des montagnes enneigées si près de la mer…

Il percevait très nettement son malaise et décida d'ignorer ce changement de conversation.

— Pourquoi t'es-tu intéressée à moi, si tu étais follement amoureuse de ton mari ?

— J'ai… J'ai eu tort.

— Ce qui ne répond pas à ma question ! lança-t-il en se passant la main dans les cheveux. Mais laisse tomber… Je ne suis pas sûr de pouvoir supporter tes histoires à dormir debout.

— Alessandro…

Il posa ses mains sur les genoux et s'efforça de retrouver son calme. Chase avait le visage d'un ange et le corps d'une déesse. Que voulait-il de plus ?

— Voici ma maison ! s'exclama Alessandro en montrant quelque chose derrière elle.

Chase tourna la tête et découvrit une grande propriété bâtie au sommet d'une falaise et entourée de châtaigniers. Elle en oublia leur querelle.

— De temps à autre, je permets à mes employés de venir y passer un week-end, lui expliqua-t-il. Cette récompense génère une saine compétition, et ça ne fait pas de mal à la maison d'être un peu aérée…

— Elle est immense ! s'exclama-t-elle. Est-ce que tu as des parents éloignés qui en profitent aussi ?

— Je n'ai presque aucun contact avec le reste de ma famille, répondit-il. Mes parents étaient les brebis galeuses de la dynastie… Comme ils étaient tous les deux enfants uniques, je n'ai aucun parent proche. Il m'arrive de rendre visite à des cousins éloignés, quand je suis à Milan. J'en ai même embauché quelques-uns — pour racheter l'irresponsabilité de mes parents, j'imagine.

Il pointa son doigt vers un côté de la falaise.

— On ne le voit pas d'ici, mais il y a un escalier qui permet de descendre jusqu'à une crique. Il est vraiment agréable de s'y baigner. Les gens des environs y pêchaient, autrefois, mais la pêche ne rapporte plus grand-chose.

— Quel dommage que tu ne viennes pas plus souvent…, insista-t-elle. Et c'est triste que tu n'aies personne avec qui partager ce plaisir.

Lorsqu'il se montrait aussi charmant qu'en cet instant, elle se croyait revenue dans le passé, à l'époque où il ne la détestait pas.

— Mais je m'apprête à partager ce plaisir avec quelqu'un — même si cette personne n'est pas destinée à revenir, fit-il remarquer en l'attirant dans ses bras. J'ai donné congé au couple qui entretient la maison. Comme ça, nous pourrons vivre nus pendant quelques jours… Il fait chaud, et j'ai envie de pouvoir te toucher n'importe quand.

Chase se raidit. L'idée qu'elle « n'était pas destinée à revenir » l'avait blessée. Ce qui était stupide de sa part, elle devait le reconnaître.

Ils franchirent une grille en fer forgé et s'engagèrent sur un chemin gravillonné. De part et d'autre s'étendaient des pelouses parfaitement entretenues, ornées de massifs de fleurs. Malgré elle, Chase se laissa éblouir par la splendeur du lieu.

— Combien emploies-tu de jardiniers ? demanda-t-elle.

— Tout un bataillon ! Je participe activement à l'économie locale. Il y a aussi une grande piscine à entretenir, de l'autre côté de la maison. J'ai de vagues souvenirs des fêtes endiablées que mes parents y organisaient pendant l'été…

— Ils y venaient souvent ? demanda-t-elle en se tournant vers lui.

Dès que leurs regards se rencontrèrent, un frisson

la parcourut, comme si son corps appelait les caresses d'Alessandro. A vrai dire, le désir la tenaillait depuis le soir où il l'avait tenue dans ses bras.

— Cette maison était leur joie et leur fierté. C'était la seule chose à laquelle ils tenaient vraiment l'un et l'autre.

— Tu l'as gardée pour des raisons sentimentales ?

— Je ne fais jamais rien pour des raisons sentimentales. Cette maison est un bon placement.

Cette maison était tout droit sortie d'un rêve ! Si elle avait eu davantage d'imagination quand elle avait rencontré Alessandro, elle se serait peut-être inventé des parents plus aisés — et se serait retrouvée dans une situation encore plus délicate.

Ils furent accueillis par un couple de sexagénaires qui les entraîna dans la cuisine pour leur montrer que tous les placards étaient pleins. Alessandro parvint à s'en débarrasser en moins d'une demi-heure, à grand renfort de sourires.

— Je les connais depuis toujours, expliqua-t-il en lui faisant visiter la maison. Je leur ai offert des vacances bien méritées — en France, où vit leur fils aîné. J'aurais aimé les voir faire un voyage plus exotique, mais l'île Maurice les intéresse moins que leurs petits-enfants...

Chase sentit son cœur manquer un battement. Voilà comment il l'avait séduite, huit ans plus tôt. Voilà pourquoi elle ne voulait pas qu'il découvre la vérité sur son passé. Sa froideur apparente cachait une générosité qui l'avait émue dès le premier jour. Alessandro ébranlait ses défenses chaque fois que celle-ci affleurait.

C'était une voie dangereuse... C'était le meilleur moyen de souffrir et de perdre une maîtrise de soi durement gagnée. C'était aussi, et surtout, le meilleur moyen de se retrouver une fois de plus à la merci de quelqu'un qui ne se souciait pas d'elle.

Elle croyait contrôler la situation, mais elle avait peut-être sous-estimé le pouvoir d'Alessandro.

Il avait déjà beaucoup affaibli ses défenses par la délicatesse dont il avait fait preuve, quand elle s'était pétrifiée dans ses bras. La forteresse qui la protégeait des passions commençait à ressembler à un vieux château ouvert aux quatre vents.

Elle se sentait aussi vulnérable que huit ans plus tôt. En deux mots, elle se sentait « tomber amoureuse ».

— Je ne t'entends plus couvrir ma maison d'éloges…

Chase cligna les yeux. Alessandro avait pris plusieurs mètres d'avance, car elle s'était arrêtée net, abasourdie par sa prise de conscience.

La pose nonchalante et le demi-sourire d'Alessandro ne contribuèrent pas à lui rendre ses moyens.

— C'est que je suis à court d'éloges, finit-elle par répondre d'une voix presque normale. Et où se trouve la piscine dont tu parlais ?

Il lui prit la main pour l'entraîner de pièce en pièce jusqu'au côté de la maison qui surplombait la mer. Il écarta les bras pour l'inviter à contempler la vue comme s'il possédait tout le paysage.

En contrebas, la mer était turquoise et aussi calme qu'un lac. Le jardin, de ce côté de la maison, n'était qu'une bande de pelouse limitée par une haie, et sur laquelle poussaient quelques palmiers. Sur la droite, derrière un portillon, on devinait les premières marches de l'escalier dont il lui avait parlé.

Tout à coup, Chase se crut dans l'une des photos qu'elle avait accrochées aux murs de sa chambre. Elle devait se ressaisir au plus vite ! Si elle s'abandonnait à ses rêveries, elle allait finir par croire que ces vacances étaient le premier chapitre d'une grande histoire d'amour…

*
* *

— Tu es sûr que personne ne peut nous voir ?

Il la contempla longuement en regrettant que sa robe ne soit pas plus moulante. D'un autre côté, cela faisait travailler son imagination.

— Absolument. Pourquoi ?

— Parce que j'aimerais découvrir cette piscine, répondit-elle en jouant avec le premier bouton de son corsage. Il fait chaud… Je serai ravie de me rafraîchir un peu…

Son petit jeu réveilla sa libido — la part de lui qui menait la danse depuis qu'elle était réapparue dans sa vie.

Il lui prit la main et l'entraîna vers la piscine entourée de massifs de fleurs au parfum entêtant.

— J'ai l'impression de me promener dans une brochure touristique, murmura Chase.

Cette remarque lui fit froncer les sourcils. L'avait-il invitée parce qu'il avait vu les photos de plages accrochées aux murs de sa chambre ? Une part de lui-même voulait-elle aider Chase à réaliser l'un de ses rêves ? Il s'empressa de chasser cette pensée dérangeante.

— Tu disais avoir chaud ? lui rappela-t-il.

— Effectivement…

Chase aurait aimé prendre un peu plus de temps pour contempler le paysage, mais il valait mieux passer aux choses sérieuses. Plus elle se laisserait courtiser, plus elle souffrirait quand Alessandro aurait obtenu ce qu'il voulait. Elle déboutonna sa robe et la laissa tomber autour de ses pieds.

Alessandro esquissa un sourire de prédateur.

— Tu vas me faire un strip-tease intégral ?

— J'ai envie de toi, Alessandro. Nous avons trop attendu…

Et je t'aime, songea-t-elle en s'efforçant de ne rien

dévoiler de son chaos intérieur. *Je t'aimais il y a huit ans, et je retombe dans le piège aujourd'hui.*

Elle avança vers lui en dégrafant son soutien-gorge, qu'elle laissa tomber dans l'herbe, puis retira sa culotte lorsqu'elle ne fut plus qu'à un pas de lui. Alessandro, les mâchoires serrées, ne cessa pas une seconde de soutenir son regard.

— Tu as la peau pâle, dit-il en posant ses mains sur ses hanches pour l'attirer vers lui. Tu ne devrais pas rester au soleil sans écran total…

Il l'embrassa langoureusement — une vraie torture.

— Que proposes-tu, alors ? répondit-elle, inclinant la tête pour offrir sa gorge à ses baisers.

Il arrêta son geste quand elle tendit la main vers sa braguette.

— Un bon strip-tease en appelle un autre, murmura-t-il sur un ton qui la fit fondre. Mais d'abord…

Il l'abandonna pour disparaître dans un cabanon, dont il ressortit avec des serviettes et un tube de crème solaire. Alors, il se déshabilla à son tour…

Le cœur affolé, elle le regarda ôter sa chemise en avançant vers elle. Elle crut défaillir lorsqu'il retira son pantalon, puis quand il se débarrassa de son slip. Alors, il se retrouva aussi nu qu'elle — et son érection prouvait qu'il n'était pas moins excité.

Quand Alessandro ne fut plus qu'à un pas d'elle, elle enroula ses doigts autour de son membre, d'un geste plein d'assurance.

— Il y a trois jours, tu étais tendue comme un arc, lui rappela-t-il, l'entraînant vers une chaise longue placée à l'ombre d'un arbre.

Il y a trois jours, j'ignorais encore que je pouvais éprouver de telles sensations, songea-t-elle. *Mon corps commençait tout juste à s'éveiller à la vie…*

— Je suis plus détendue, maintenant, répondit-elle, le souffle court.

— Alors allonge-toi… Je vais t'offrir les meilleurs préliminaires de ta vie en te mettant de la crème solaire.

7.

— Ce sera peut-être un peu froid, la prévint-il. Le cabanon est climatisé. Mets-toi sur le ventre…

Alessandro se sentait affolé de désir. Comment pouvait-il étaler de la crème sur ce corps parfait sans perdre la raison ?

— Je ne vois pas pourquoi tu te donnes cette peine, fit-elle remarquer. Je ne risque rien, à l'ombre.

— Les ordres du médecin !

Il se mit de la crème sur les paumes et commença à en enduire son dos. Chaque attouchement était une vraie torture, mais il s'obligea à la masser lentement, s'attardant sur chaque point de son dos.

Les soupirs de Chase lui rendaient la tâche encore plus difficile. Lorsqu'il massa ses longues jambes, elle les écarta pour l'inviter à des caresses plus audacieuses. C'était tentant, mais il voulait encore attendre.

— Je n'imaginais pas…, gémit-elle.

— Retourne-toi. Je ne me le pardonnerais pas, si tu attrapais un coup de soleil. Détends-toi…

Il commença par son visage, puis passa aux épaules et au buste. Même s'il évitait de regarder ses seins, il ne put s'empêcher de remarquer que leurs extrémités étaient tendues.

Lorsque le moment vint de leur accorder ses caresses, il fixa le visage de Chase.

— On ne saurait être trop prudents, sous ce soleil, murmura-t-il, avant de se pencher pour happer délicatement l'extrémité d'un sein entre ses lèvres.

— Tu es sûr que personne ne peut nous voir ? demanda-t-elle d'une voix craintive.

— Je suis le seul à avoir le droit de contempler ce corps sublime, répondit-il en relevant la tête.

Il reporta son attention sur l'autre sein, mais ce jeu lui devint vite intolérable.

Brusquement, il se redressa pour se placer au-dessus d'elle et glisser son membre entre ses cuisses. Il n'était pas question qu'il lui fasse l'amour sans préservatif, bien sûr… Mais il avait besoin de sentir sa peau contre la sienne.

— Alors ? Tu aimes ? demanda-t-il d'une voix rauque.

Elle ne répondit que par des gémissements.

Malheureusement, il dut vite se calmer pour ne pas perdre la tête, et repoussa la main de Chase lorsqu'elle voulut le caresser.

Il devait rester maître de la situation, songea-t-il en se redressant pour reprendre son massage. Vite étourdi par le parfum de Chase, il lui écarta doucement les cuisses, se pencha et glissa sa langue au cœur de son intimité.

Chase lui caressa les cheveux. La température était idéale, la brise délicieuse. Elle entrouvrit les yeux et vit la tête brune d'Alessandro entre ses cuisses, sur fond de paysage sublime.

C'était un rêve… Il l'avait invitée dans un monde idyllique pour lui faire perdre la raison… Alors pourquoi ne pas en profiter ?

Elle souleva ses hanches en souriant, et sourit encore plus quand il releva la tête, comme s'il lui reprochait de vouloir aller trop vite.

— Les ordres du médecin ? demanda-t-elle d'un ton taquin.

— C'est exactement ça !

Une part d'elle-même attendait cet instant depuis le jour où ils avaient pris un premier café ensemble. Elle savait bien qu'elle avait tort, et s'était même juré de ne pas recommencer. Mais cette promesse n'avait pas pesé lourd face au charme d'Alessandro.

Ils avaient eu, huit ans plus tôt, la relation platonique la plus érotique qu'on puisse imaginer. Chaque attouchement avait été accidentel et enivrant. Alessandro avait hanté ses rêves de l'époque — si souvent qu'elle avait craint de prononcer son nom dans son sommeil. A vrai dire, elle n'avait jamais cessé de rêver de lui…

Enfin, ses rêves devenaient réalité.

— Alessandro…

Lorsqu'il releva la tête, elle lut la joie du triomphe dans son regard.

— Dis-moi que tu as envie de moi, l'encouragea-t-il. Non ! Attends un peu… Je vais chercher un préservatif, et je veux t'entendre me supplier à mon retour…

Il lui décocha un clin d'œil malicieux avant d'aller fouiller les poches de son pantalon. Hypnotisée, elle le regarda enfiler le préservatif en la dévorant des yeux.

— Alors, où en étions-nous ? reprit-il lorsqu'il la rejoignit sur la chaise longue, aussi large et confortable qu'un lit. Laisse-moi vérifier que tu es prête à m'accueillir…

Glissant un doigt en elle, il lui adressa un grand sourire.

— Je suis contente que tu sois satisfait, murmura-t-elle avec espièglerie.

Elle l'attira sur elle, enroula ses bras autour de son cou et l'embrassa langoureusement.

— Si tu savais à quel point j'ai envie de toi, Alessandro…

— Tu en es sûre ?

Comment pouvait-il se montrer aussi soucieux de

ce qu'elle éprouvait, alors qu'il n'avait pas le moindre respect pour elle ?

— Oui, j'en suis sûre.

Lorsqu'il plongea en Chase, Alessandro découvrit la plus exquise de toutes les sensations. Chase enfonça ses ongles dans son dos quand il souleva ses cuisses pour la soutenir plus fermement. Elle était d'une beauté saisissante, les yeux clos et les lèvres entrouvertes.

Un instant, il eut l'envie insensée de lui demander si elle prenait autant de plaisir avec son mari. Pour sa part, il n'avait jamais apprécié à ce point de faire l'amour à une femme. Mais les circonstances étaient exceptionnelles. Sa dernière liaison — avec un mannequin — n'avait pas duré plus de trois mois. Et sa petite amie ressemblait à toutes les précédentes... Alors, qu'y avait-il d'étonnant à ce que Chase lui paraisse unique en son genre ?

D'un dernier coup de reins, il lui procura un orgasme si intense que des larmes vinrent aux yeux de Chase.

Après un long moment, il releva la tête pour la dévisager. Elle lui caressa le visage du bout des doigts et lui sourit avec tendresse. Il lui rendit son sourire.

— C'était bon, murmura-t-elle, lorsqu'il roula sur le côté.

— Voilà qui n'est pas très enthousiaste, commenta-t-il en lui caressant la pointe d'un sein. Dis-moi à quel point c'était bon...

— C'était très, très bon.

— Je m'en contenterai, même si je suis tenté de te soutirer d'autres compliments...

Il se pencha pour lui sucer l'extrémité d'un sein.

— Que dirais-tu de te baigner ? suggéra-t-il lorsqu'il releva la tête. Après ça, on pourrait manger quelque chose, puis improviser...

— Je vois où tu veux en venir ! répliqua-t-elle en riant.

Chase plongea avec joie et fit quatre longueurs

avant de s'accouder au bord de la piscine pour regarder Alessandro fendre l'eau. Elle n'avait appris à nager que quatre ans plus tôt, et pouvait s'estimer satisfaite de ses quelques brasses. Alessandro, bien sûr, devait savoir nager depuis l'enfance.

Leurs vies avaient été si différentes…

— Fatiguée ? lui lança-t-il en la rejoignant.

— La natation ne fait pas partie de mes points forts, reconnut-elle. A vrai dire, je ne sais nager que depuis quelques années…

Pourquoi cet aveu lui était-il si pénible ?

— Vraiment ? demanda Alessandro.

— Oui, répondit-elle en haussant les épaules.

Il l'embrassa langoureusement avant d'insister :

— Je suis surpris que tes parents n'aient pas pensé à t'apprendre à nager… Ça devait vous compliquer la vie, pendant les vacances ! Il n'y avait pas de cours de natation, à l'école ?

— J'avais la phobie de l'eau, mentit-elle, mal à l'aise.

Alessandro sortit du bassin et lui tendit la main.

— Quelques cours particuliers auraient pu arranger ça… Mais peu importe ! Nous ne sommes pas là pour une compétition de natation.

Elle joua avec l'idée de lui livrer quelques-uns de ses secrets, puis se l'interdit. Alessandro se montrait si aimable… Pourquoi risquer de tout gâcher en lui rappelant qu'elle avait menti ? Elle n'avait aucune envie de le voir s'en prendre à elle.

Une vague de tristesse la submergea soudain.

— Parle-moi des environs, demanda-t-elle quand elle parvint à se ressaisir. Les villages qu'on aperçoit d'ici sont charmants… De quoi vivent les habitants ? En connais-tu certains ? Personnellement, je veux dire…

*
* *

Quatre jours plus tard, Chase se sentait éperdument amoureuse. Chaque instant qu'ils avaient passé ensemble avait été un délice.

Elle avait vu Alessandro détendu — assez pour qu'elle puisse croire qu'il l'aimait aussi. C'était sans doute en partie vrai. Car il semblait apprécier sa vivacité d'esprit et sa sensualité. Il avait même la courtoisie de rire quand elle plaisantait.

Tant qu'ils mettaient le passé entre parenthèses, tout allait bien entre eux. Bien sûr, elle éprouvait des sentiments qu'Alessandro ne partageait pas. Mais elle évitait d'y penser. A quoi bon se tourmenter ? Elle avait accepté sa proposition et devait aller jusqu'au bout, même s'il ne cherchait qu'à se lasser d'elle.

Chaque soir, blottie dans ses bras, elle avait passé des heures à analyser ses moindres paroles et ses moindres gestes. Il était évident que la stratégie d'Alessandro portait ses fruits. Il ne lui pardonnerait jamais ses mensonges, mais sa détente prouvait que ses blessures se refermaient. S'il ne la traitait plus comme une ennemie, c'était sans doute parce que sa colère se muait en indifférence.

Elle n'avait pas pu s'empêcher de chercher une autre explication à son comportement, bien sûr, mais en vain. Bientôt, il cesserait de vouloir se venger parce qu'elle aurait perdu tout intérêt à ses yeux. Il pourrait reprendre le cours normal de sa vie sans plus se soucier d'elle.

Sa seule consolation était qu'elle n'avait pas baissé sa garde. Il obtiendrait sa vengeance en l'abandonnant brisée… Mais il ne le saurait jamais.

C'était déjà le dernier soir de leur séjour. Ils étaient attablés dans la cuisine et la bouteille de vin était largement entamée.

— Pourquoi ne viens-tu pas une fois par mois, déjà ? lui demanda-t-elle d'un ton taquin.

La nuit était tombée pendant qu'ils dînaient. C'était

dans cette cuisine immense et dans le salon attenant qu'ils avaient passé toutes leurs soirées. Des grandes baies vitrées offraient une vue imprenable sur la mer et sur la piscine au bord de laquelle ils avaient flâné pendant quatre jours.

Le repas, préparé très à l'avance par les gardiens, avait été aussi délicieux que les précédents. Ils auraient pu faire la cuisine eux-mêmes, comme elle l'avait suggéré à Alessandro le premier jour, mais il avait trouvé l'idée grotesque.

— Pourquoi perdre notre temps à cuisiner alors que nous avons des choses plus intéressantes à faire ? avait-il demandé en l'attirant sur ses genoux.

Il avait glissé ses doigts sous sa culotte pour ne lui laisser aucun doute sur ce qu'il avait en tête. Ils n'étaient pas venus là pour partager de petites joies domestiques…

— Tu sais très bien pourquoi, puisque tu ne viendrais pas non plus une fois par mois, si tu possédais cette maison, répondit Alessandro avec un sourire ironique. Le travail ne le permet pas.

— Mais nous ne sommes pas dans la même situation… Tu es le grand patron : tu peux faire ce que tu veux.

— Ne te moque pas de moi, Chase. Nous savons l'un et l'autre que ce n'est pas par nécessité que tu travailles autant. Tu t'ennuierais à mourir si ton emploi te permettait de prendre des congés tous les mois. Je l'ai compris dès que j'ai posé les yeux sur toi. Rien ni personne ne pouvait te distraire de ton but. Tu semblais à peine remarquer ce qui se passait autour de toi.

Chase se raidit. Evoquer des souvenirs ne leur réussissait pas. Cette fois, pourtant, elle ne perçut pas la moindre provocation dans sa voix. C'était une preuve de plus du succès de la stratégie d'Alessandro : le sexe lui permettait de se détacher d'elle sur le plan émotionnel.

— A vrai dire, c'est l'une des choses qui m'a séduit

chez toi, poursuivit-il, à sa grande surprise. Je ne m'intéresse pas aux femmes ambitieuses, d'habitude. Tu es l'exception. Avant et après toi, je ne suis sorti qu'avec…

— … des bimbos sans cervelle ? suggéra-t-elle. Des femmes qui n'ont pas honte d'admettre que leur seule ambition est d'épouser un homme riche, même si ça les contraint à obéir à ses caprices jusqu'à la fin de leurs jours ?

Un vrai cauchemar ! songea-t-elle avec amertume.

— Ce genre de femme s'adapte facilement à mon mode de vie, admit-il.

— Parce qu'elles font ce que tu veux et disent ce que tu as envie d'entendre…

— Certains penseraient qu'une femme docile vaut mieux qu'une menteuse.

Elle ne put s'empêcher de rougir.

— Néanmoins, tu m'as convaincu que les femmes intelligentes avaient quelques avantages, ajouta-t-il.

— Vraiment ?

— Vraiment. Mais ne t'emporte pas : tu n'es pas qualifiée pour tenir le rôle de ma petite amie.

— Je n'y songeais pas ! s'écria-t-elle. Je ne suis pas stupide… Je connais les règles du jeu.

Avait-il donc perçu sa faiblesse ?

— Je suis ravi de l'entendre.

— Tu n'avais pas de raison d'en douter, grommela-t-elle.

La froideur soudaine d'Alessandro lui rappela que leur passion torride n'avait pas changé l'opinion qu'il avait d'elle.

— Regarde autour de toi et dis-moi ce que tu vois.

Chase fronça les sourcils. Où voulait-il en venir ?

— Nous sommes dans ta cuisine. Je vois le jardin, la piscine… Pourquoi me demandes-tu ça ?

— Ce que tu vois, ce sont des preuves matérielles de ma fortune, répondit-il en martelant les mots.

Alessandro savait bien qu'il se montrait cruel, mais il s'empressa de faire taire les scrupules qui l'assaillirent. Même s'il appréciait l'esprit de Chase et s'il adorait lui faire l'amour, c'était la femme qui lui avait menti et l'avait manipulé avant de le chasser de sa vie. Vu que le destin l'avait replacée sur son chemin, il n'allait pas se soucier de sa sensibilité !

— Mais j'imagine que tu t'es fait une idée de mon compte en banqu, dès que tu as mis les pieds dans ma maison de Londres, poursuivit-il.

— Je ne vois pas ce que ton compte en banque vient faire là-dedans ! répliqua Chase d'un ton sec.

— Ah oui ? Parce que je ne voudrais pas que tu te fasses des idées…

— Des idées sur quoi ?

Même si elle avait posé la question, Chase voyait très bien où il voulait en venir. Il ne fallait pas être un génie pour cela.

— Il ne s'agit que de sexe, ajouta-t-il d'une voix dure. J'y prends beaucoup de plaisir, je te l'accorde, mais je n'ai pas oublié qui tu es. Je pense que c'est le bon moment pour te rappeler que tu ne fais que passer dans ma vie… Tu ne mettras la main sur rien !

Il n'aurait pas pu trouver un moyen plus cruel de l'humilier. Le cœur serré, elle lui sourit, espérant ne rien trahir de ses émotions.

— Crois-tu que je veuille faire autre chose que « passer dans ta vie », Alessandro ? J'ai apprécié de séjourner dans cette maison magnifique, mais je n'ai jamais été attirée par l'argent. Et pas un instant je n'envisagerais de m'approprier quelque chose par…

— … des moyens sournois ? suggéra-t-il.

Il se leva lentement et se pencha au-dessus d'elle.

— Je voulais juste m'assurer que nous étions bien d'accord, conclut-il.

— Comment pourrais-je m'intéresser à quelqu'un d'aussi arrogant que toi ?

— C'était pourtant l'impression que tu donnais, il y a huit ans…

— Tu n'oublieras donc jamais cette histoire ?

— Ça m'étonnerait. Elle reste profondément gravée dans ma mémoire.

De toute évidence, elle s'était trompée en croyant qu'il était en train de tourner la page. Il tenait toujours à sa vengeance.

— Tu n'avais pas tant d'arrogance, il y a huit ans…, murmura-t-elle en soutenant son regard.

Elle s'attendait à tout, à vrai dire, sauf à se faire plaquer contre le dossier de sa chaise par un baiser passionné.

Elle leva les bras par réflexe. Comment osait-il l'embrasser alors qu'il venait tout juste de l'insulter ? Mais cette idée lui était à peine venue que son corps s'embrasa. Au lieu de le repousser, elle l'attira vers elle.

— Alessandro ! s'écria-t-elle lorsqu'il la souleva dans ses bras.

Il s'engagea dans l'escalier sans cesser de l'embrasser.

— Nous avons assez parlé, déclara-t-il en ouvrant la porte de leur chambre d'un coup de pied.

— Tu m'as accusée de vénalité ! s'écria-t-elle. Crois-tu que ça m'excite de me faire insulter ?

— Je t'ai seulement rappelé que tu n'avais pas intérêt à devenir vénale, corrigea-t-il. Et ce ne sont pas les insultes qui t'excitent : c'est moi.

Il la jeta sur le lit sans cérémonie, lui décocha un sourire irrésistible et retira son polo noir.

— Assez parlé ! répéta-t-il. Déshabille-toi !

Elle continua à le fusiller du regard, mais le sentiment d'avoir été offensée avait déjà cédé la place au désir.

Ils firent l'amour sauvagement. Elle n'aspirait qu'à se perdre dans ses sensations pour oublier les paroles blessantes d'Alessandro. Croyait-il vraiment qu'elle espérait lui soutirer quelque chose ? Bien sûr… Il n'y avait pas une grande différence entre une menteuse et une manipulatrice.

Elle voulait oublier son chagrin, et elle y parvint. Folle d'excitation, elle caressa Alessandro, l'embrassa, le domina à certains moments pour capituler l'instant d'après. Elle lui griffa le dos sans retenue et n'eut aucun mal à prononcer des mots crus lorsqu'il le lui demanda. Dans ses bras, elle ne se sentait plus aucune inhibition.

Il ne s'agissait que de sexe, après tout ! C'était ce qu'Alessandro voulait. Tant pis pour elle, si cela ne lui suffisait pas…

Son orgasme long et intense chassa toutes ses idées noires. Elle eut l'impression de flotter à travers l'espace, hors d'atteinte de tout ce qui pouvait la blesser. Si seulement cela avait pu durer toujours… Elle garda les yeux fermés quand Alessandro roula sur le côté. De toute manière, elle imaginait facilement son visage. Ses traits étaient profondément gravés dans son esprit.

— Tu vas t'endormir ? demanda-t-il.

— Je me repose.

— Je ne sais pas si je dois me sentir flatté…

Elle ouvrit les yeux à contrecœur et se redressa sur un coude.

— A vrai dire, je réfléchissais, reprit-elle.

Que se passerait-il si elle lui avouait ce qu'elle éprouvait ? Se sentirait-elle libérée d'un poids ?

— Je pensais au travail qui m'attend à mon retour, mentit-elle en lui caressant l'épaule. Il faudra peut-être que je passe au bureau dès demain soir. Et nous devons songer au foyer… Beth a une peur bleue de voir les huissiers frapper à sa porte.

Alessandro fronça les sourcils et la fixa durant quelques secondes avant de répondre :

— Je vais prendre une douche.

— Ça va ? s'inquiéta-t-elle. Je n'aurais pas dû parler du foyer… Surtout, ne va pas croire que je n'ai pas confiance en toi !

Pourquoi avait-il changé d'état d'esprit aussi vite ? Mieux valait sans doute ne pas prendre garde à ses sautes d'humeur. Puisqu'il ne se souciait pas d'elle, rien ne l'empêchait de se montrer blessant et grossier.

— Crains-tu vraiment que je revienne sur ma parole ? répliqua-t-il en se levant. Et nous pouvons avancer notre retour, si tu as tant de travail. A vrai dire, c'est peut-être une bonne idée… J'ai moi-même des négociations sur le point d'aboutir. Parfois, quelques heures font toute la différence…

Chase ne put qu'acquiescer.

— Je vais faire ma valise pendant que tu seras sous la douche.

Elle espéra l'entendre changer d'avis et revenir au programme initial. Quelle importance pouvaient avoir ces quelques heures, en effet ? Mais il n'en fit rien.

Et qu'adviendrait-il de leur relation quand ils seraient rentrés ? Allaient-ils continuer à se voir ? Elle n'osa pas le lui demander.

Cette question la hanta pendant la nuit et la matinée du lendemain. Alessandro avait changé leurs réservations et n'avait plus abordé le sujet. Sa mauvaise humeur avait disparu aussi vite qu'elle était venue. En apparence, tout allait bien. Chase jeta un dernier coup d'œil à la maison avant de monter dans la limousine qui vint les chercher. Son cœur se serra à l'idée qu'elle ne verrait plus jamais cet endroit.

Alessandro travailla pendant tout le trajet, sans doute aux affaires qu'il s'apprêtait à conclure.

Le silence devint oppressant, mais Chase attendit qu'ils atterrissent à Londres pour demander :

— Alors, que se passe-t-il, maintenant ?

Pendant tout le trajet, Alessandro avait été contrarié par l'air impassible de Chase et s'en était voulu. Rien ne pouvait donc l'atteindre ou l'inquiéter ? Mais il venait de percevoir une note d'anxiété dans sa voix — et cela faisait un bien fou à son ego.

— Je t'appellerai.

Il prit son visage entre ses mains et l'embrassa fougueusement. Chase lui rendit son baiser avec un enthousiasme qui le ravit, puis s'indigna :

— Je ne suis pas du genre à attendre près du téléphone !

Il éclata de rire.

— Je t'appellerai demain, lui promit-il. Je ne me suis pas encore lassé de toi. Mais s'il te prend l'envie d'attendre près du téléphone, fais donc plaisir à mon imagination en attendant toute nue…

Alessandro aurait-il posé cette question si elle ne l'avait pas fait ? Lui aurait-il demandé ce qui allait se passer ? Venait-elle d'entamer une nouvelle vie, dans laquelle elle n'aurait jamais le courage d'exprimer ce qu'elle ressentait ? Allait-elle passer son temps à avoir peur qu'il ne se lasse d'elle, et à se satisfaire des miettes qu'il lui jetterait ? Etait-ce à cela que menaient tous ses efforts des huit dernières années ?

Ne trouvant pas la force de se mêler aux usagers du métro, elle rentra en taxi.

Il était un peu plus de 14 heures quand elle paya le chauffeur. Il tombait une bruine désagréable, et elle n'aspirait qu'à s'enfermer chez elle.

Elle ne s'attendait vraiment pas à voir un homme se détacher du mur de la maison voisine pour s'approcher d'elle. Il portait un sweat-shirt à capuche qui laissait son visage dans l'ombre. Chase sentit la panique la gagner dès qu'il lui adressa la parole.

— Alors, Chase, ça baigne ? Ça fait longtemps qu'on s'est pas vus… Tu as passé de bonnes vacances ?

8.

La sonnerie de son réveil la tira brutalement du sommeil. Après quelques secondes d'égarement, elle se rappela peu à peu les événements de la veille. Comment avait-elle réussi à traverser cette journée ? Comment avait-elle fait pour s'endormir ?

Elle prit une douche avec des gestes d'automate et choisit un tailleur gris dans son armoire. Quand elle observa son reflet dans le miroir, elle vit l'avocate efficace que ses collègues s'attendaient à retrouver.

Mais son apparence impeccable dissimulait un chaos absolu.

Comment aurait-elle pu s'attendre à trouver Brian Shepherd sur son perron ? A vrai dire, elle croyait sincèrement qu'elle ne le reverrait jamais. Malheureusement, le passé avait une fâcheuse tendance à resurgir.

Elle avait eu la naïveté de ranger Brian Shepherd parmi ses mauvais souvenirs. Shaun l'avait rencontré quand il avait dix ans. C'était Brian qui lui avait enseigné toutes les ficelles des métiers de cambrioleur et de trafiquant. Brian avait six ans de plus que Shaun, et lui avait servi de mentor jusqu'au jour où Shaun et elle avaient déménagé pour s'installer à Londres.

Et voilà que Brian était de retour.

— J'ai entendu dire que tu t'en sortais bien, lui avait-il

lancé en s'invitant chez elle. Et j'ai entendu dire que tu avais trouvé un remplaçant à Shaun…

Dès le premier instant, il avait observé tout ce qu'elle possédait d'un regard avide.

Elle avait tressailli chaque fois qu'il avait touché l'un de ses bibelots, mais elle savait par expérience qu'il ne fallait montrer aucun signe de faiblesse devant Brian Shepherd, dont elle connaissait bien les sautes d'humeur.

Elle n'avait pas eu besoin de lui demander comment il avait découvert sa liaison avec Alessandro : Brian s'était fait un plaisir de le lui expliquer. L'amie d'un ami d'un ami les avait aperçus à l'aéroport de Gênes. Que le monde était petit…

— Angie… Angie Carson, avait-il précisé. Tu te souviens d'elle ? Une grosse vache… Elle a pris une photo de vous avec son téléphone. Je parie que tu ne l'as pas repérée ! Tu ne l'aurais peut-être même pas reconnue, si elle t'avait dit bonjour… On croirait que tu as honte de tes vieux amis.

Brian avait visité sa maison sans même retirer sa capuche. Il avait examiné soigneusement tout ce qu'elle possédait, sans doute pour en déterminer la valeur.

Chase s'était tue jusqu'au moment où elle lui avait demandé ce qu'il voulait — puisqu'il voulait forcément quelque chose.

Bien sûr, il voulait de l'argent. Il se trouvait dans une mauvaise passe et il était sûr qu'elle pouvait en trouver, parce que leurs bagages, à l'aéroport… Brian avait émis un sifflement admiratif, et l'avait dévisagée jusqu'à lui donner la nausée. Angie avait été impressionnée par leurs bagages, au point qu'elle les avait également pris en photo.

Tout ce qu'il demandait, c'était de quoi se refaire — de la menue monnaie, pour un homme qui se promenait en limousine, comme les photos d'Angie le prouvaient.

Alors, qu'en pensait-elle ? Etait-elle disposée à donner un coup de main à un vieil ami ? Si elle n'était pas assez motivée, il saurait peut-être la convaincre. Il savait où elle travaillait. Il avait fait quelques recherches, depuis qu'il était tombé sur les photos d'Angie...

Se souvenait-elle de cette descente de police, dans cette boîte de nuit ? Bien sûr, elle était mineure et ne prenait pas de drogues, contrairement aux autres. Mais quelle importance ? Si elle n'avait pas de casier judiciaire, toutes ses anciennes fréquentations en avaient un. Ses collègues de la bonne société seraient sûrement ravis de l'apprendre...

Brian avait éclaté de rire.

— On ne se débarrasse pas aussi facilement de son passé ! avait-il conclu.

Son téléphone sonna alors qu'elle arrivait au bureau. Alessandro... Comme elle n'était vraiment pas en état de lui parler, elle rejeta l'appel. Pourtant, il allait bien falloir qu'elle l'affronte, à un moment ou un autre. Brian Shepherd ne la laisserait pas tranquille tant qu'il n'aurait pas son argent. Et la somme qu'il avait en tête n'était pas ce qu'elle appelait de la « menue monnaie » ! Elle dépassait largement le montant de ses économies.

La vie qu'elle s'était construite s'effondrait comme un château de cartes, et elle devait mobiliser toute sa volonté pour ne pas céder au désespoir. Elle avait surmonté tant de choses... Elle trouverait bien un moyen de surmonter cette ironie du destin !

Quand elle entra dans les bureaux de Fitzsimmons, elle savait déjà ce qu'elle devait faire. Elle commença par aller trouver son patron.

Tony Grey était un petit homme chauve et replet, d'une cinquantaine d'années, dont les yeux gris pétillaient d'intelligence. Il l'avait toujours soutenue... Il allait lui manquer.

Car elle devait lui donner sa démission. C'était la seule issue. Brian Shepherd était capable de tout. A quatorze ans, il avait failli tuer quelqu'un au cours d'une bagarre dans un bar. Il était parfaitement capable de la tuer ou de s'en prendre à l'un de ses collègues, si elle refusait d'entrer dans son jeu. Elle était furieuse de sacrifier son emploi à cause de lui, mais sa fierté ne pesait pas bien lourd contre le bon sens.

La situation n'avait qu'un bon côté : elle allait essayer de trouver un autre poste dans un cabinet spécialisé dans les affaires *pro bono*. Si Brian enquêtait sur son nouveau lieu de travail, il comprendrait de lui-même qu'il n'était pas tombé sur une mine d'or.

Elle ne savait pas comment il s'y était pris pour la retrouver, mais cela n'avait guère d'importance. Il suffisait sans doute de consulter les réseaux sociaux ou internet pour découvrir sa trace…

— Es-tu sûre que ce soit une bonne idée ? lui demanda Tony quand elle lui expliqua qu'elle voulait démissionner pour des raisons personnelles. Tu es ma meilleure avocate. Tu pourrais avoir un grand avenir chez nous, tu sais…

Mais il lui assura aussitôt qu'il lui fournirait une lettre de recommandation, si sa décision était prise. Avec sa bienveillance habituelle, qui allait tant lui manquer, il lui permit aussi de quitter son poste dès qu'elle aurait mis ses dossiers en ordre pour qu'ils puissent être confiés à quelqu'un d'autre.

Qu'imaginait-il derrière les « raisons personnelles » qui la poussaient à démissionner ? Il devait penser à un problème de santé… et il n'avait pas tort. Elle ne se sentait plus très bien depuis que sa vie soigneusement ordonnée avait sombré dans le chaos.

Il n'allait sans doute pas être aussi facile de couper les ponts avec Alessandro, songea-t-elle en regagnant son bureau. Elle ignora encore deux appels et ne décrocha que la troisième fois, alors qu'elle s'apprêtait à rentrer chez elle.

— A quoi joues-tu ? s'écria Alessandro. C'est la quatrième fois que j'appelle !

— Je suis désolée. J'étais… occupée, répondit-elle en montant dans l'ascenseur.

— Occupée à quoi ?

— Je… Je bouclais mes dossiers parce que j'ai donné ma démission.

Un instant, Alessandro se demanda s'il avait bien entendu. Mais il avait perçu un léger tremblement dans la voix de Chase. Quelque chose n'allait pas.

Il se leva, marcha jusqu'à la fenêtre et laissa son regard se perdre au loin.

— Tu plaisantes ?

— Non. On peut se voir ? Je pourrais… passer à ton bureau.

— Il y a bien des endroits plus agréables…, objecta-t-il.

— Je préférerais ton bureau.

— Que se passe-t-il ? demanda-t-il aussitôt. Et surtout ne me réponds pas : « rien ». Tu viens de quitter un emploi que tu adorais, et tu veux qu'on se voie « dans mon bureau… »

— S'il te plaît…

Il soupira profondément, se passa la main dans les cheveux et accepta. La tension de Chase le contrariait profondément, mais il avait confiance en lui : il trouverait bien un moyen de lui faire oublier ses soucis.

— Je ne veux pas étaler ma vie privée devant mes employés, objecta-t-il encore. Si tu ne peux pas attendre, je propose qu'on se retrouve au café, en face de mon bureau, dans trois quarts d'heure. Tu vois duquel je parle ?

Chase avait du temps devant elle, et elle décida de

prendre le métro. Un trajet lent et laborieux convenait mieux à son humeur.

En approchant du café en question, elle ressentit une désagréable impression de déjà-vu. Huit ans plus tôt, c'était là qu'elle avait retrouvé Alessandro avec une seule idée en tête : se débarrasser de lui. Pour la deuxième fois, elle était sur le point de provoquer une discussion qui allait la briser. L'histoire se répétait — à ceci près qu'elle aurait bien plus de remords et de regrets que la fois précédente.

Alessandro attendait depuis dix minutes au fond du café, devant un verre de vin. Il n'avait pas réussi à se remettre au travail, après l'appel de Chase. Il avait beau se répéter que le problème qui la tourmentait devait avoir une solution, son malaise persistait.

C'était tout de même absurde ! Ils ne s'étaient quittés que la veille, et tout allait parfaitement bien…

Il la repéra dès qu'elle franchit la porte. Un instant, il regretta la femme insouciante en robe d'été avec laquelle il venait de passer une semaine. Elle avait retrouvé son costume d'avocate. Combien de temps allait-il tenir avant de lui retirer son tailleur austère pour lui faire l'amour ?

Une réaction intempestive de son corps le força à changer de position.

Il ne s'attendait pas à la désirer encore, après avoir disposé d'elle durant une semaine entière. Il pensait que le fait d'obtenir ce qu'elle lui avait refusé huit ans plus tôt suffirait à le satisfaire. Les choses ne se passaient pas exactement comme il l'avait prévu… Mais peu importait. S'il était honnête, il devait reconnaître que la passion qu'elle lui inspirait était bienvenue. Sa vie sexuelle était si monotone, d'ordinaire…

Il la regarda se faufiler parmi les clients en la déshabillant mentalement — et très lentement. Il s'imagina déboutonner son chemisier et écarter son soutien-gorge pour dégager ses seins parfaits.

Il pouvait presque sentir son goût sur sa langue, et entendre ses gémissements de plaisir se transformer en cris à mesure qu'il l'entraînait vers l'orgasme. Décidément, il devait vite résoudre le problème qui la tourmentait et la ramener chez lui.

Il lui adressa un grand sourire quand elle l'aperçut et attira l'attention de la serveuse. Comme Chase était belle… Plusieurs hommes la suivirent discrètement des yeux tandis qu'elle se frayait un chemin jusqu'à sa table.

— Alessandro…, murmura-t-elle.

La serveuse s'approcha et Alessandro lui commanda un capuccino sans la consulter.

— Tu as donc démissionné, dit-il d'une voix neutre. Et ça n'a pas l'air de te ravir…

— Je… Je…

Chase se sentit incapable d'aller au bout de sa phrase. C'était encore pire que ce qu'elle avait craint ! Elle n'arrivait pas à enchaîner deux mots. Comment pouvait-elle paraître maîtresse d'elle-même alors que ses nerfs étaient sur le point de lâcher ?

— Assieds-toi et dis-moi ce qui se passe, lui ordonna-t-il.

— Je… Je n'avais pas vraiment le choix, reconnut-elle. C'est personnel.

— Comment ça, personnel ?

— Je préférerais ne pas en parler.

— Tu es malade ? demanda-t-il, soudain inquiet.

Comme il aurait été facile d'employer cette excuse… Mais c'étaient ses mensonges qui l'avaient placée dans cette situation.

— Non, je ne suis pas malade.

— Alors que se passe-t-il ? Pourquoi ne veux-tu pas en parler ?

Une idée germa tout à coup dans l'esprit d'Alessandro.

— Si tu n'es pas malade, je ne vois qu'une seule raison pour que tu donnes ta démission, ajouta-t-il en plissant les yeux.

— Ah oui ? demanda Chase, l'air étonnée. Laquelle ?

— Quelqu'un te harcèle. Qui est-ce ?

Ce salaud allait le payer ! songea-t-il en serrant les poings.

— Que veux-tu dire ?

— Même dans ces horribles tailleurs, tu es une femme très séduisante, Chase. Je ne suis sûrement pas le seul à l'avoir remarqué... Dis-moi qui c'est ! Ton patron ? L'un de tes collègues ? Qu'a-t-il fait ? Il t'a touchée ?

L'un de ces fils de riches devait s'être mis en tête de conquérir la plus belle femme du bureau... La rage envahit Alessandro à cette pensée. Il avait connu assez de jeunes avocats pour savoir que la plupart se prenaient pour des tombeurs.

— Personne ne m'a touchée, Alessandro ! Crois-tu que je me laisserais faire ? Crois-tu que je serais assez faible pour m'enfuir au lieu de résoudre le problème ?

— Alors quoi ?

Elle évitait son regard et elle était nerveuse. Il commanda un café en cherchant une autre explication à son comportement étrange. Une idée dérangeante lui vint.

— Tu n'as pas... peur d'être enceinte, au moins ?

Alessandro blêmit à cette idée.

Chase, de son côté, sentit la colère l'emporter sur ses craintes.

— Et que ferais-tu si j'étais enceinte ? s'écria-t-elle.

Mais ne t'en fais pas : ce n'est pas le cas. Je ne suis pas stupide.

— Un accident est toujours possible…, grommela-t-il.

Elle soupira et leva les yeux au plafond. Il allait bien falloir qu'elle en vienne au fait.

— Je suis en bonne santé, je ne suis pas enceinte et personne ne me harcelait chez Fitzsimmons, dit-elle après avoir pris une profonde inspiration. J'aimerais qu'il existe une manière élégante de présenter les choses…, mais il n'y en a pas. J'ai besoin que tu me rendes un service.

— Lequel ?

— J'ai besoin… de t'emprunter de l'argent.

Alessandro accueillit sa requête par un silence de mort. Elle n'osait pas le regarder. Que pouvait-elle faire d'autre que de s'adresser à lui ? Brian ne s'en irait pas sans son argent, et elle ne possédait pas cette somme. Ce qu'il risquait de faire, si elle ne la trouvait pas, la terrifiait.

— Dis-moi que j'ai mal entendu…

— Je suis désolée. Et je te rembourserai avec les intérêts, bien sûr…

Alessandro éclata d'un rire amer.

— Chase Evans révèle enfin son vrai visage ! Je suis surpris que tu aies réussi à jouer la comédie si longtemps…

Il eut l'impression, soudain, d'avoir reçu un coup de poing dans l'estomac. Jamais il n'aurait imaginé que cette nouvelle trahison de Chase pût lui faire aussi mal. Il ne savait même pas à qui il en voulait le plus : à elle, pour l'avoir berné une deuxième fois, ou à lui-même, pour s'être laissé faire.

— Pour quelle raison as-tu besoin d'argent ?

Pourquoi lui laissait-il encore une chance de s'expliquer ? Mais ce qui lui restait de bonne volonté se dissipa dès qu'elle répondit :

— Je suis désolée, mais ça ne te regarde pas.

— Et quand, au juste, as-tu décidé de coucher avec moi pour de l'argent ? demanda-t-il d'un ton glacial. Quand tu as vu ma maison de Londres ? Quand nous sommes partis en Italie ? J'aimerais vraiment le savoir…

— Tu ne comprends pas… Je ne t'en demande que parce que je n'ai pas le choix.

— Mais tu ne veux pas me dire à quoi te servira cet argent ! s'écria-t-il. Tu as des dettes ? Sois franche, bon sang !

— Je te le répète : ça ne te regarde pas. Si tu ne veux rien me prêter, tu n'as qu'à le dire.

— Juste par curiosité : combien espérais-tu me soutirer ?

Le chiffre qu'elle indiqua le fit éclater de rire. Comment osait-elle ?

Chase s'éclaircit la voix.

— Alors ? demanda-t-elle en ayant l'audace de soutenir son regard.

— Aucune explication, aucune excuse… Même pas un mensonge ! Désolé, mais ça ne me suffit pas. Cette conversation est terminée, conclut-il en demandant l'addition à la serveuse.

Quelle comédienne ! Elle était blanche comme un linge et ses mains tremblaient. C'était vraiment une performance remarquable.

— C'est terminé entre nous, conclut-il avec amertume. N'essaie pas de me revoir, ni chez moi ni à mon bureau. Je te ferais chasser par mes agents de sécurité ou par la police. Suis-je clair ?

Chase acquiesça et murmura :

— Je comprends.

— Une dernière question…

Pourquoi fallait-il qu'il relance la discussion ? Et

pourquoi éprouvait-il de la compassion pour une femme qui n'avait jamais cessé de le manipuler ?

— Si tu as tant besoin d'argent, pourquoi as-tu démissionné ?

— Je ne peux pas en parler non plus.

Alessandro se leva brusquement.

— Bonne chance pour trouver cette somme ! lui dit-il d'un ton glacial. En ce qui concerne le foyer, il vaudrait mieux que tu confies le dossier à un autre avocat.

— C'est déjà fait. Je boucle mes dossiers. J'aurais dû donner un préavis d'un mois, mais mon patron m'a autorisée à partir à la fin de la semaine…

— Ça ne m'intéresse pas, coupa-t-il.

Elle le regarda partir en se répétant que leur liaison devait bien finir un jour, mais un vide affreux se creusait dans sa poitrine. Elle avait perdu à la fois Alessandro et son emploi, et l'homme qui l'attendait chez elle la terrifiait… Il lui fallut mobiliser tout son courage pour quitter le café et reprendre le métro.

Brian serait là, à l'attendre. Ça ne le dérangeait pas de passer la journée chez elle, lui avait-il dit de sa voix toujours menaçante. Bien sûr, si elle voulait lui prêter un double des clés… Un frisson la parcourut.

Alessandro comprit, dès qu'il eut quitté le café, qu'il n'était vraiment pas d'humeur à travailler. Il appela sa secrétaire et lui demanda d'annuler la conférence téléphonique prévue pour l'après-midi.

Comment pouvait-il être aussi stupide ? Comment avait-il pu se laisser berner une deuxième fois ? Il inspira profondément et s'efforça d'analyser leur conversation avec un peu de recul.

Elle n'avait répondu à aucune de ses questions. Pourquoi avait-elle démissionné, si elle avait besoin d'argent ? Lui avait-elle menti ? L'avait-on renvoyée ? Avait-elle détourné de l'argent ? L'idée semblait parfaitement ridicule, mais comment l'écarter, vu qu'elle ne lui avait fourni aucune explication ?

Il n'était pas question de rester en proie à une telle incertitude, décida-t-il tout à coup. Cette fois, il voulait comprendre la situation. Tant pis si cela l'obligeait à la revoir… Il allait lui rendre une petite visite et l'interroger jusqu'à obtenir des réponses claires.

Il appela son chauffeur. Comme c'était l'heure de pointe, celui-ci mit un temps fou à arriver. Alessandro s'engouffra alors dans sa Jaguar, pour un trajet qui promettait d'être d'une lenteur exaspérante.

Comme son téléphone sonnait continuellement, il l'éteignit pour mieux se concentrer sur le problème qui le préoccupait. Il avait l'impression que Chase était un puzzle dont il lui manquait beaucoup trop de pièces.

Et cela ne faisait que décupler son impatience. Quand on se retrouvait confronté à une énigme, il était simplement humain de vouloir la résoudre. Exaspéré comme il l'était, il trouverait bien un moyen d'obtenir une explication !

Enfin, son chauffeur se gara devant la maison de Chase.

— Ne m'attends pas, lui ordonna-t-il. Je rentrerai en taxi.

Il sortit de la voiture et la regarda disparaître au coin de la rue avant de se tourner vers la maison. Il y avait de la lumière dans le salon.

Une petite voix lui souffla que sa démarche était absurde, puisqu'il n'attendait rien de sa relation avec Chase, mais il s'empressa de la faire taire. A cet instant, rien ne lui semblait plus important que de comprendre.

Il appuya plusieurs fois sur la sonnette sans obtenir de réponse. Que faisait-elle donc ? Elle devait être là, puisqu'il y avait de la lumière. Elle détestait gaspiller l'électricité… Mais comment pouvait-il se souvenir de ce détail ? songea-t-il avec mauvaise humeur.

Chase entendit qu'on sonnait avec insistance, mais il lui fallut une minute ou deux pour trouver la force d'aller ouvrir. Brian était dans le salon, occupé à fourrer tout ce qui l'intéressait dans un grand sac-poubelle. Elle ne pouvait pas s'opposer à lui. Il était plus fort qu'elle et n'hésiterait pas, le cas échéant, à avoir recours à la violence.

Si seulement elle avait pu le chasser de chez elle… Il lui ordonna de se débarrasser de son visiteur.

— On est trop occupés, chérie ! ricana-t-il.

Chase ouvrit la porte et se figea. Alessandro était bien la dernière personne qu'elle s'attendait à trouver sur son perron !

— Tu ne te débarrasseras pas de moi tant que tu ne m'auras pas fourni des explications satisfaisantes ! annonça-t-il sans préambule.

— Tu n'as rien à faire là, Alessandro…, balbutia-t-elle.

Chase se sentit terrifiée. Il l'écarta de son chemin et entra. Au même instant, un homme d'une trentaine d'années émergea du salon. Alessandro en prit la mesure dès le premier coup d'œil : c'était un voyou — et c'était de lui que Chase avait peur.

— Et vous êtes ? demanda-t-il, prêt à se battre s'il le fallait.

— Ça ne te regarde pas. Une minute… Je croyais que vous vous étiez séparés… Tu m'as menti, chérie ? J'ai horreur des mensonges, tu sais…

Alessandro serra les poings. Chase avait reculé jusqu'au mur en bredouillant quelque chose qu'il n'avait pas écouté. Il était temps d'agir. Il agrippa l'intrus par le col de son T-shirt et le poussa vers le salon, qui avait été pillé. Il y avait un grand sac-poubelle rempli d'objets divers, dans un coin, et un autre, à moitié plein, au milieu de la pièce. L'homme se débattit, mais il le tenait trop fermement pour qu'il lui échappe.

— Tu vas m'expliquer ce qui se passe ! ordonna-t-il à Chase sans quitter son prisonnier des yeux.

Cet individu était une brute. Il était évident qu'il adorait terroriser les plus faibles que lui, et tout aussi évident qu'il n'aimait pas affronter des adversaires à sa mesure. Fou de rage, Alessandro dut se concentrer pour entendre la réponse de Chase, qui bredouilla que Brian avait besoin d'argent et qu'il emportait ses affaires.

Les pièces du puzzle commençaient à se mettre en place. Chase avait donc une bonne raison de lui demander de l'argent…

— Voilà ce que tu vas faire, mon pote, dit-il d'une voix dure et calme. Tu vas rendre ses affaires à la dame, lui présenter tes excuses, puis sortir calmement par cette porte et ne plus jamais revenir. C'est bien compris ?

Il tordit le T-shirt de Brian pour lui couper un peu plus la respiration.

— Si tu ignores cet avertissement, ajouta-t-il, j'emploierai un détective privé pour monter un dossier sur toi — et je suis sûr qu'il y a de quoi faire. Je te ferai mettre en prison pour un très long moment… Et ne va pas croire que c'est une menace en l'air : je serais ravi de la mettre à exécution.

Il lâcha Brian, croisa les bras et le regarda vider ses sacs dans un silence de mort. Sans doute avait-il fallu des années à Chase pour s'offrir ce qu'il voulait emporter. Certains objets étaient sans valeur matérielle, d'autres — comme son ordinateur portable et sa tablette numérique — avaient dû lui coûter cher.

Brian présenta ses excuses avec si peu d'enthousiasme

qu'Alessandro dut lui demander de faire un effort pour se montrer plus convaincant.

Brian finit par s'esquiver discrètement, et ils se retrouvèrent seuls dans son salon, qui semblait avoir été dévasté par une tornade.

— Je suis désolée, murmura-t-elle.

A vrai dire, Chase éprouvait surtout un profond soulagement. Elle commença à remettre de l'ordre en sentant le regard d'Alessandro peser sur elle.

— Pourquoi es-tu venu ? demanda-t-elle timidement.

— Tu as besoin de boire quelque chose de fort, dit-il d'un ton autoritaire.

— Je vais bien.

— Tu as du whisky ?

— Je vais bien, répéta-t-elle.

Elle trouva le courage de soutenir son regard, et comprit qu'il n'était pas près de renoncer.

— Comme tu voudras, soupira-t-elle. Il y a une bouteille de vin entamée dans le frigo. C'est tout ce que j'ai d'alcoolisé.

Elle s'assit sur l'accoudoir d'un fauteuil et posa ses mains sur ses genoux. Alessandro lui apporta un verre de vin quelques instants plus tard, et elle dut reconnaître que la première gorgée lui fit du bien.

— Je suppose que tu attends des explications, dit-elle d'une voix lasse.

— Effectivement, se contenta-t-il de répondre.

Elle baissa les yeux. Alessandro l'avait sauvée parce qu'il tenait à comprendre ce qui se passait.

Cette fois, elle n'allait pas pouvoir se défiler. Elle devait lui raconter comment elle avait connu Brian et ce qu'il faisait dans sa maison. Elle devait avouer qu'elle lui avait menti sur un aspect fondamental de sa vie, et qu'elle avait persévéré dans son mensonge pendant toute leur relation. Après quoi, il était évident qu'elle ne lui inspirerait plus que du mépris. Mais elle ne lui avouerait pas tout — parce qu'elle ne voulait pas baisser encore plus dans son estime.

— Tu ferais bien de t'asseoir, lui conseilla-t-elle. Je vais répondre à tes questions. Après ça…

Elle inspira profondément avant d'ajouter :

— Tout sera vraiment fini entre nous.

9.

Chase semblait si fragile, tout à coup…

— Il t'a touchée ? demanda-t-il entre ses dents. Il t'a frappée ?

Il ne s'était jamais senti aussi mal à l'aise. Ses parents avaient été des modèles d'irresponsabilité, mais leur fortune l'avait préservé des aspects les plus sordides de l'existence. Ils avaient ouvert leur porte à de prétendus artistes et à toutes sortes d'illuminés, mais il n'avait jamais été en contact avec des voyous du genre de celui qu'il venait de chasser.

— Non, répondit Chase. Brian a un penchant pour la violence, mais il n'a pas levé la main sur moi.

— Comment peux-tu connaître un type pareil ? demanda-t-il en fronçant les sourcils. Tu lui dois de l'argent ? C'est pour ça que tu voulais m'en emprunter ?

— Non, je ne lui dois pas d'argent. C'est juste que…

Chase se leva, et se rassit aussitôt. Elle sentait que ses jambes refusaient de la soutenir.

— Alors quoi ? Si tu ne lui dois pas d'argent, pourquoi s'apprêtait-il à emporter tout ce que tu possèdes ?

— Peux-tu t'asseoir et me laisser parler, s'il te plaît ?

Alessandro la fixa quelques instants, les yeux plissés, puis s'assit en face d'elle, dans l'autre fauteuil. Il semblait aussi tendu et impatient qu'elle était triste et résignée.

— Brian et Shaun étaient amis, commença-t-elle, sans

oser soutenir son regard. C'étaient des amis d'enfance, même si Brian avait quelques années de plus… Ils ont grandi dans le même quartier.

— Quel genre d'homme as-tu donc épousé ? demanda-t-il, étonné.

— Quand on est jeune, on se laisse facilement entraîner dans la mauvaise direction…

— Pourquoi tes parents t'ont-ils laissée faire ? Ils étaient trop occupés à préparer leur retraite en Australie ?

— Il n'y a pas d'Australie.

— Désolé, mais je ne te suis pas…

Elle glissa une mèche derrière son oreille en se demandant pourquoi le destin se montrait si cruel envers elle. Pourquoi avait-il fallu qu'elle retombe amoureuse d'Alessandro ? Au lieu de la délivrer d'une frustration, leur liaison n'avait fait que la rendre plus vulnérable.

— Mes parents ne vivent pas en Australie, avoua-t-elle. En fait, je n'ai pas de parents. Je n'ai pas connu mon père, et ma mère est morte d'une overdose quand j'étais petite. J'ai grandi dans des familles d'accueil, en ne restant jamais longtemps au même endroit. En un sens, je me suis élevée toute seule… Tu vois : tout ce que tu croyais savoir sur moi n'est qu'un tissu de mensonges.

Alessandro écarquilla les yeux.

— Et Lyla… ?

— J'ai choisi ce nom quand on s'est rencontrés. Quand j'ai cru que je pouvais…

— Tu as tout inventé, coupa-t-il.

— Non ! Pas tout.

Alessandro frappa l'accoudoir du fauteuil et se leva d'un bond.

— Mais pourquoi m'as-tu menti ? s'écria-t-il.

— J'étais jeune ! Quand on s'est rencontrés, j'ai eu envie de te faire une bonne impression…

— Tu ne m'as pas seulement caché que tu étais

mariée… Tu m'as *tout* caché ! Alors, que faisait ton mari, au juste ? Et comment as-tu réussi à aller à l'Université ? Mais tu n'étais peut-être même pas étudiante… Etait-ce un autre mensonge ?

— Bien sûr que non ! s'insurgea-t-elle.

Elle aurait aimé se lever aussi, mais elle n'en trouva pas la force. Qu'espérait-elle donc ? Qu'il se montre compréhensif ? Compatissant ? Pourquoi l'aurait-il fait ? A ses yeux, elle n'était qu'une mythomane. Presque rien de ce qu'elle lui avait dit n'était vrai. Il était donc normal qu'il se demande sur quoi d'autre elle lui avait menti. Ses émotions ? Ses désirs ? Par sa faute, toute leur relation n'était qu'un château de cartes qu'elle ne pouvait plus que regarder s'effondrer.

— Vraiment ? demanda Alessandro. Pourquoi est-ce que je te croirais ?

— J'étais bien inscrite à l'Université, assura-t-elle. Si j'ai réussi à faire des études, c'est parce que je n'ai jamais eu besoin de me donner beaucoup de mal pour apprendre…

Elle laissa échapper un rire amer. Dans son entourage, personne ne prenait la peine de travailler à l'école. Ils savaient tous qu'ils étaient destinés à finir au chômage, ou à vivre péniblement de petits boulots et de travail au noir.

— J'ai une bonne mémoire — excellente, même. J'étais toujours première de ma classe, même en séchant des cours… Il suffisait que je feuillette un manuel scolaire pour me souvenir de presque tout.

Elle devait son salut aux quelques professeurs qui s'en étaient aperçus. Grâce à eux, elle s'était accrochée à ses études, même si elle apprenait ses leçons en cachette. Dans le monde où elle avait grandi, mieux valait ne pas se faire remarquer.

Elle releva alors la tête. L'expression d'Alessandro était indéchiffrable.

— Tout ça doit te paraître bien étrange, reprit-elle. Je suppose que tu ne connais personne du mauvais côté de la barrière…

Le gouffre qui les séparait s'était brusquement élargi. Même si elle avait été issue de la classe moyenne, comme elle le lui avait fait croire, ils n'auraient pas été du même monde. Comme Alessandro ne s'intéressait à elle que pour son physique, il aurait fini par la quitter, même s'il n'avait pas découvert ses origines. Malheureusement, cette pensée ne la consolait guère.

A vrai dire, elle n'avait pas menti qu'à Alessandro. En tombant amoureuse de lui, elle s'était aussi menti à elle-même en nourrissant des espoirs fous.

— Grandir du mauvais côté de la barrière est une chose, mentir en est une autre, répondit-il d'une voix dure. Avais-tu l'intention de me dire la vérité un jour ?

— Pour quoi faire ? répondit-elle prudemment. Nous nous sommes mis d'accord pour avoir une relation purement physique… A quoi bon tout gâcher avec des histoires que tu n'as sûrement pas envie d'entendre ?

Alessandro serra les dents.

— Ton… Shaun n'a pas dû en revenir de décrocher le gros lot ! commenta-t-il d'un ton amer. Il a eu bien de la chance de tomber sur une fille intelligente qui pouvait le sortir de son impasse…

Sa remarque la surprit. Etait-ce ainsi que Shaun la voyait, tout en lui faisant croire que c'était elle qui avait de la chance de l'avoir rencontré ?

— Je n'avais jamais envisagé les choses de cette manière, reconnut-elle. J'avais quinze ans quand nous nous sommes connus. C'était le chef de la bande… Les autres garçons le respectaient et l'admiraient, alors qu'il était plus jeune que beaucoup d'entre eux. Il avait de l'ambition… Il ne voulait pas rester dans la banlieue où nous vivions.

— Il t'a donc encouragée à faire des études, intervint Alessandro. Bien sûr, puisque c'était le plus sûr moyen d'atteindre son but…

— J'ai eu mon bac avec mention, et ce sont mes professeurs qui m'ont encouragée, corrigea-t-elle.

C'étaient même eux qui s'étaient chargés de ses inscriptions, parce qu'elle était trop occupée à s'amuser avec la bande de Shaun.

Elle avait été acceptée dans l'une des meilleures universités du pays, et avait été la première surprise. Ce n'était que bien plus tard qu'elle avait pris la mesure de l'énergie déployée par ses professeurs pour obtenir ce résultat.

— Alors tu es allée à l'Université et tu t'es mariée.

— Dans l'autre ordre : je me suis mariée, puis je suis allée à l'Université. Je ne m'attendais pas à rencontrer quelqu'un comme toi… A vrai dire, je ne comptais rencontrer personne.

— Mais tu as rencontré quelqu'un… Et tu as préféré lui raconter des bobards plutôt que de lui expliquer honnêtement ta situation.

Le mépris qu'elle perçut dans sa voix la fit grimacer. Elle n'était pas la personne qu'elle avait prétendu être, en effet. Et pour quelqu'un d'aussi bien intégré dans la société qu'Alessandro, c'était forcément grave.

Elle avait envie de crier qu'il ne pouvait pas comprendre, mais crier n'aurait servi à rien. Elle devait garder son sang-froid, et lui fournir, le plus calmement possible, les explications qu'il méritait. Au point où elle en était, le plus important était de sauver ce qu'il lui restait de dignité. Il serait toujours temps, plus tard, de se révolter contre l'injustice du destin et de verser des larmes.

Elle releva le menton et soutint son regard sans ciller.

— Oui, reconnut-elle. J'étais jeune. J'ai juste… cédé à la tentation d'embellir ma vie. J'ai inventé le passé que j'aurais aimé avoir…

Alessandro éprouva un nouvel élan de compassion malvenu. Dire que Chase avait rêvé de ce que les autres filles trouvaient normal et à mourir d'ennui… Elle n'avait même pas pensé à s'inventer des parents riches et des loisirs de luxe.

Il s'empressa de se ressaisir et d'étouffer la pitié qu'elle lui inspirait. Car il ne devait pas perdre de vue l'essentiel : c'était une menteuse à laquelle il ne pouvait faire confiance. Au moins, il commençait à obtenir des aveux.

— Revenons au sale type qui embarquait tes affaires, si tu veux bien…

— Quand nous sommes partis en Italie, l'une de ses amies nous a vus à l'aéroport. Je ne l'ai pas remarquée…

Evidemment, songea-t-elle, puisqu'elle n'avait d'yeux que pour l'homme qui l'accompagnait.

— Cette fille a pris des photos de nous et de nos bagages, qu'elle a postés sur un réseau social, expliqua-t-elle. Quand Brian est tombé dessus, il a décidé de me soutirer de l'argent. Je ne sais pas comment il m'a retrouvée, mais ça n'a pas dû être bien difficile… Il a menacé de parler de mon passé à mes collègues — ce qui aurait ruiné ma carrière. Et je sais qu'il est capable de bien pire…

Il était ironique que quelques photos prises dans un aéroport aient suffi à semer un tel chaos dans sa vie… Mais se lamenter sur son sort ne la mènerait nulle part. Maintenant qu'elle avait commencé à parler, elle devait en finir le plus vite et le plus calmement possible.

— Il attendait devant ma porte quand nous sommes rentrés d'Italie, reprit-elle. Il voulait de l'argent. C'est pour ça que je t'en ai demandé… Et je t'aurais remboursé, je te le jure !

— Avec quoi ? Le salaire de l'emploi que tu viens de quitter ?

— Ça m'a paru plus prudent de démissionner… Que se serait-il passé si Brian était allé raconter ma vie chez Fitzsimmons ?

— Les conséquences auraient sûrement été catastrophiques, reconnut Alessandro. Parce que tu as aussi menti à tes collègues, j'imagine ?

Elle n'avait menti que par omission, mais elle en éprouva une certaine mauvaise conscience.

— Je n'ai rien dit à personne, en réalité. Je me consacrais exclusivement à mon travail.

— Si tu m'avais dit la vérité, je t'aurais peut-être prêté cet argent, tu sais…

— Ça n'a pas d'importance, répondit-elle en haussant les épaules. Brian m'en aurait sûrement demandé davantage. J'ai été stupide de croire que… Mais la panique fait faire des choses stupides.

— Il ne reviendra pas, assura Alessandro.

— Je sais. Et je te remercie de l'avoir chassé.

Elle ne put s'empêcher de sourire. Qui aurait cru que Brian Shepherd aurait peur d'un millionnaire raffiné ?

— Ecoute, murmura-t-elle. Je sais que tu dois me haïr…

— Parce que tout ce que tu m'as raconté n'est qu'un tissu de mensonges ? coupa-t-il en se plantant devant elle, les bras croisés.

Elle leva craintivement les yeux.

— Sur quoi d'autre m'as-tu menti ? reprit-il. Non, laisse tomber… Je veux seulement vérifier quelque chose.

— Quoi ? balbutia-t-elle alors qu'il se penchait vers elle.

Le parfum familier d'Alessandro l'enveloppa et l'étourdit.

— Ça ! répondit-il avant de presser ses lèvres contre les siennes, comme s'il voulait la punir par ce baiser.

Elle se cambra instinctivement et l'attira dans ses bras. Comment pouvait-elle désirer à ce point un homme qui la haïssait ? C'était décidément plus fort qu'elle. Elle l'embrassa avec d'autant plus d'ardeur que c'était sans doute la dernière fois.

Ils se retrouvèrent vite sur le canapé sans qu'elle comprenne comment. Enivrée par ses baisers, elle le laissa dégrafer son chemisier. Même si cela mettait à mal le peu de fierté qu'il lui restait, elle avait besoin de faire l'amour avec lui encore une fois. Elle déboutonna maladroitement la chemise d'Alessandro, et soupira quand elle put enfin poser les mains sur son torse.

Il s'empara alors de ses seins, qu'il dégagea de leur soutien-gorge pour en mordiller et sucer les extrémités.

En même temps, il plaça un genou entre ses cuisses, l'incitant à les ouvrir, puis il glissa ses doigts sous le tissu de sa culotte.

Il ne faisait pas le moindre effort pour se déshabiller lui-même. A force de gestes désordonnés, elle avait réussi à ouvrir sa chemise et à l'ôter du pantalon. Elle tenta plusieurs fois d'atteindre sa braguette, puis y renonça. Il la rendait folle, avec ses caresses…

Lorsqu'il n'y tint plus, Alessandro se redressa brusquement, ouvrit son pantalon et laissa la bouche de Chase approcher de son sexe érigé. Le premier contact de ses lèvres lui arracha un gémissement.

Les yeux mi-clos, il la regarda lui prodiguer des caresses expertes. Elle savait s'y prendre pour lui faire perdre la raison…

Il n'avait aucune confiance en elle — qui se fierait à une mythomane ? —, mais il devait reconnaître qu'elle comblait sa libido.

Malheureusement, il craignit vite de perdre le contrôle de la situation, et la repoussa sur les coussins.

Ses cheveux emmêlés encadraient son visage rosi par la passion. Comme elle avait bronzé nue, pendant une semaine, sa peau avait pris la couleur du miel.

Il connaissait si bien son corps… Il en avait mémorisé chaque courbe, chaque grain de beauté…

Après avoir goûté de nouveau ses seins, il lui retira sa culotte et se mit à la caresser fiévreusement. Lorsqu'il sentit venir son orgasme, il redoubla d'ardeur et se délecta de son cri de plaisir.

— Alessandro…, murmura-t-elle quand la volupté se fut apaisée.

Chase tendit la main vers lui, mais il arrêta son geste en lui saisissant le poignet.

Elle resta abasourdie quelques instants, alors qu'il refermait sa braguette, puis elle se redressa.

— Que fais-tu ? balbutia-t-elle.

— A ton avis ?

— Je ne comprends pas… Nous étions en train de faire l'amour…

— Non : je voulais juste m'assurer que tu ne simulais pas.

— Comment as-tu pu me soupçonner de simuler ? s'indigna-t-elle.

Elle mourait d'envie de se blottir dans ses bras, mais il boutonnait à présent sa chemise d'un air impassible.

— Tu étais sincère, apparemment, répondit-il d'une voix froide. Je suis venu parce que je voulais des réponses, et je les ai obtenues. Le moment est venu de se dire adieu. Cette aventure a été… J'aurais aimé dire « agréable », mais elle a surtout été instructive. Tu peux te vanter de m'avoir appris à me méfier des apparences.

— Alessandro !

Il se tourna vers elle alors qu'il se tenait déjà dans l'entrée.

— Quoi ?

Jamais elle ne lui avait vu un regard aussi dur.

Mais elle ne trouva rien à dire et un silence pesant s'ensuivit. Il n'était pas question qu'il s'en aille. Pas si vite… Elle sentait encore le plaisir vibrer en elle — un plaisir qu'il ne lui avait procuré que pour s'assurer de la sincérité de son désir. C'était humiliant, mais elle se sentait prête à le supplier de rester un peu plus. Comment avait-elle pu laisser la situation lui échapper à ce point ? Elle venait de passer huit années à se construire, à lutter pour son autonomie… Comment avait-elle pu donner à un homme qui la détestait le pouvoir de la briser ?

— Rien, finit-elle par murmurer.

Alessandro l'observa encore quelques secondes, puis haussa les épaules et disparut.

Elle fixa l'entrée vide pendant un long moment. Alessandro était parti et ne reviendrait jamais. Il la haïssait et la méprisait à cause de son passé sordide et de ses anciennes fréquentations.

Il s'était même permis d'être odieux parce qu'elle avait cédé à la tentation d'embellir son histoire… Si elle avait mal pris la mesure de sa fortune, huit ans plus tôt, elle avait bien compris qu'il ne voudrait jamais d'une femme de son milieu !

Bien sûr, cela n'avait aucune importance puisqu'elle était mariée, à cette époque. Mais elle n'avait pu résister au plaisir de leur relation ambiguë… Et elle le payait chèrement, à présent.

Elle consacra les deux heures qui suivirent à remettre ses bibelots à leur place — en les nettoyant presque tous, car l'idée que Brian les avait touchés la faisait frémir de dégoût.

Elle avait espéré que cette occupation lui ferait oublier

Alessandro, mais elle pensa à lui à chaque seconde. Les conversations qu'ils avaient eues et leurs moments d'intimité lui revinrent cruellement à l'esprit.

Elle se répéta néanmoins que leur histoire était destinée à s'achever, de toute manière, et que le plus tôt serait le mieux. S'ils étaient sortis ensemble deux mois de plus, elle serait tombée encore plus amoureuse de lui, et aurait souffert davantage. En un sens, elle devait se féliciter de ce dénouement. Tout ce qu'elle avait perdu, c'étaient quelques bons souvenirs supplémentaires qui n'auraient fait que rendre les choses encore plus difficiles.

Sauf qu'elle était loin de se féliciter de quoi que ce soit ! Elle luttait contre les larmes… et elle avait honte d'elle-même.

Surtout, elle en voulait à Alessandro ! Elle lui en voulait d'avoir le pouvoir de la mettre dans cet état. Et elle lui en voulait pour son manque de compassion. Il n'avait même pas essayé d'envisager les choses de son point de vue !

Bien sûr, elle savait depuis le début qu'il voulait se venger d'elle en obtenant ce qu'elle lui avait refusé huit ans plus tôt. Mais n'avait-il rien perçu d'elle, pendant cette semaine en Italie ? Leur relation n'avait-elle vraiment été que physique ?

Ils n'avaient pas passé tout leur temps à faire l'amour : ils avaient parlé — sans évoquer le passé — comme deux personnes qui apprennent à se connaître. C'était l'impression qu'elle avait eue, en tout cas.

Mais ces moments d'intimité n'avaient aucune valeur aux yeux d'Alessandro, apparemment. Et c'était ce qui la blessait le plus.

Sa colère l'aida à affronter les jours qui suivirent, et notamment sa dernière semaine chez Fitzsimmons.

Malheureusement, elle se souvenait aussi des bons moments, de leurs conversations animées et des petites attentions qu'Alessandro avait eues pour elle. Du fait de la frustration qu'ils avaient éprouvée huit ans plus tôt, leur relation avait été particulièrement intense. Cette intensité lui manquait… Il lui manquait.

Elle n'avait eu aucune nouvelle de lui, depuis son départ. Il avait bel et bien disparu de sa vie. Beth, en revanche, avait eu la surprise de le revoir. Etrangement, Alessandro s'intéressait beaucoup aux travaux de rénovation du foyer.

— Il a tant de bonnes idées ! s'était écriée Beth avec enthousiasme, quand elle l'avait appelée. Et il m'a mise en relations avec des entrepreneurs en qui il a confiance…

Chase avait serré les dents pendant que Beth énumérait les bonnes idées d'Alessandro.

Puisque son amie ignorait tout de leur histoire, elle se força à lui répondre aimablement. Comment aurait-elle pu ne pas s'émerveiller de la transformation d'un millionnaire sans cœur en bon Samaritain ?

Le vendredi — exactement une semaine après leur rupture — son patron organisa pour elle un pot de départ. Comme elle ne s'était pas montrée très sociable, elle fut surprise d'y voir presque tous ses collègues.

Son patron fit un petit discours, assurant qu'elle allait beaucoup leur manquer. Après quoi, tout le monde leva son verre à sa santé. Des gens qu'elle avait toujours fuis vinrent l'interroger sur ses projets et l'encourager. Certains lui donnèrent leur numéro de téléphone et insistèrent pour qu'elle les appelle.

Quand elle expliqua timidement qu'elle risquait de se trouver dans une situation délicate, parce qu'elle n'avait personne pour l'aider, ses collègues ne la prirent pas de haut. Encouragée par leur bienveillance, elle leur confia qu'elle s'était spécialisée dans les affaires *pro bono* car elle était orpheline, qu'elle avait vu la misère de près et qu'elle voulait aider les gens. Contrairement à ce qu'elle craignait, son idéalisme ne fit ricaner personne. Son histoire parut même intéresser ses collègues.

A la fin de la soirée, elle avait bu plus qu'elle n'en avait l'intention et s'était fait des amis, ce à quoi elle ne s'attendait vraiment pas.

Avait-elle eu tort de s'isoler comme elle l'avait fait ? Sa politesse distante était-elle un handicap, contrairement à ce qu'elle croyait ? Les réflexes défensifs qu'elle avait acquis pour de bonnes raisons étaient-ils devenus une prison ?

Lorsqu'elle prit un taxi pour rentrer chez elle, à 21 heures passées, elle se sentait un peu perdue. Elle posa sa tête sur le dossier de la banquette, ferma les yeux et songea immédiatement à Alessandro. Son image la hantait.

Elle lui avait livré une partie de la vérité. Etait-ce suffisant ? Il y avait tant de choses qu'il ignorait encore…, songea-t-elle, gagnée par la lassitude.

Que se passerait-il si elle lui disait tout ? Alessandro la mépriserait toujours, mais ne serait-elle pas soulagée ? Si elle n'avait plus rien sur la conscience, ne lui serait-il pas plus facile de supporter ses nuits solitaires ?

Elle venait de se confier à certains de ses collègues et l'expérience avait été concluante.

Sur un coup de tête, elle se pencha vers le chauffeur et lui donna l'adresse d'Alessandro.

Elle n'était même pas sûre de le trouver chez lui. C'était un vendredi soir, et il avait peut-être repris des habitudes de célibataire.

Quand le taxi se gara devant la maison somptueuse d'Alessandro, elle résista à la tentation de repartir. Les verres qu'elle venait de boire lui donnaient du courage. Ou peut-être avait-elle pleinement conscience de ne plus rien avoir à perdre.

Sa main tremblait à peine lorsqu'elle appuya sur la sonnette.

Alessandro, qui entamait son troisième whisky, se demanda si cela valait la peine d'aller ouvrir. Il devait recevoir un colis livré par coursier. Cela pouvait bien attendre le lendemain…

Sa langueur l'exaspérait, mais il n'avait pas réussi à s'en délivrer depuis qu'il avait quitté Chase. Il s'était senti à l'étroit dans son bureau luxueux et avait passé presque toute la semaine au foyer, au désespoir de sa secrétaire.

Une part de lui savait qu'il aurait dû sortir pour trouver au plus vite une remplaçante à Chase, mais la lassitude l'avait incité à rentrer chez lui. Un tête-à-tête avec sa bouteille de whisky lui avait paru plus tentant que les bavardages des femmes qu'il aurait pu croiser dans un bar.

La sonnette continuait de retentir. Il grommela un juron, se leva et se dirigea vers la porte en maudissant ce fichu coursier. Comment avait-il le culot d'insister ?

— Alessandro, je…

Chase laissa sa phrase en suspens et écarquilla les yeux.

— Tu es ivre ? demanda-t-elle, inquiète.

Il s'appuya contre l'encadrement de la porte et vida son verre avant de répondre.

— Que fais-tu là ? Il est plus de 21 heures ! Et je ne suis pas ivre.

La femme qu'il avait fuie… Il essaya de se rappeler les insultes qui lui étaient si facilement venues à l'esprit une semaine plus tôt — avant la pire semaine de sa vie. Qu'était devenue son assurance ? Et d'abord, d'où sortait Chase ? se demanda-t-il en consultant sa montre. Il était presque 22 heures, même… Arrivait-elle d'un bar, d'une soirée ? La jalousie l'étouffa.

— Tu t'es bien amusée ? demanda-t-il d'un ton amer.

Elle portait une robe bordeaux bien plus seyante que ses tailleurs habituels.

— J'imagine que… ma visite te surprend, balbutia-t-elle.

Elle n'avait pas répondu à sa question. Mais pourquoi tenait-il à savoir ce qu'elle avait fait de sa soirée ? N'avait-il pas décidé de l'oublier ?

— Que fais-tu là ? Tu as eu envie de passer me dire bonjour en rentrant de ta fête ?

— Je n'arrive pas d'une fête, Alessandro. C'était mon dernier jour de travail. Mon patron a organisé un pot de départ, c'est tout… Si je suis venue, c'est parce qu'il y a encore des choses que j'aimerais te dire.

Elle avait seulement été retenue au bureau, alors ? Sa jalousie s'apaisa. Elle voulait lui parler ? Pourquoi pas ? Il repartit en direction de son salon en laissant la porte ouverte. Après quelques secondes d'hésitation, Chase le suivit à l'intérieur.

10.

Chase, dans le salon, repéra tout de suite la bouteille de whisky à moitié vide.

— Combien de verres as-tu bus ? demanda-t-elle, surprise.

— Ça ne te regarde pas !

Il s'assit sur le canapé, jambes écartées, dans une posture défensive typiquement masculine.

Elle hésita quelques instants, prit une profonde inspiration, puis se dirigea vers un fauteuil sous son regard hostile.

— J'espère que je ne te dérange pas... Y a-t-il quelqu'un avec toi ? demanda-t-elle timidement.

— Est-ce que j'ai l'air d'avoir de la compagnie ? grommela-t-il en embrassant le salon d'un geste théâtral.

Elle désigna la bouteille de whisky du menton.

— Depuis quand bois-tu seul ? Ne m'as-tu pas dit que c'était le premier pas sur la voie de l'alcoolisme ? Je croyais que les excès de tes parents t'avaient fait comprendre les vertus de la sobriété...

L'expression d'Alessandro se durcit.

— De quel droit me fais-tu la morale ? répliqua-t-il d'un ton agressif.

— Ce n'est pas ce que je fais..., balbutia-t-elle en baissant les yeux.

Maintenant qu'elle était là, en face de lui, son courage

menaçait de l'abandonner. De quel droit avait-elle sonné chez lui ? Il lui avait clairement fait comprendre qu'il ne voulait plus la voir. A vrai dire, il était même surprenant qu'il ne lui ait pas claqué la porte au nez.

— Deux cabinets m'ont proposé des postes intéressants, s'entendit-elle lui dire. L'un se trouve à Manchester, l'autre dans le Surrey. Je vais vendre ma maison et quitter Londres… Je pourrai sûrement m'acheter quelque chose de plus grand en province.

— Et tu me racontes ça parce que… ?

— Ce n'est pas ce que je voulais te dire. J'ai juste pensé que…

— Viens-en au fait, Chase ! coupa-t-il.

Il lui était vraiment trop pénible de rester assise… Elle se leva d'un bond, et se mit à faire les cent pas dans ce salon au mobilier clair et moderne. C'était la deuxième fois qu'elle se retrouvait dans cette pièce, et elle ne savait pas encore si elle l'aimait ou non. A cet instant, elle lui semblait hostile et froide — mais ce n'était peut-être que l'attitude d'Alessandro qui déteignait sur l'atmosphère. Il ne lui avait pas claqué la porte au nez, mais il avait manifestement hâte qu'elle s'en aille. Elle rassembla le peu de courage qui lui restait.

— Te souviens-tu de… de ce jour, Alessandro ?

— Sois plus précise. De quel jour parles-tu ? De celui où tu m'as menti à propos de ton mariage, ou de celui où tu as inventé tes parents ?

Elle s'efforça d'ignorer son agressivité et s'assit au bout du canapé.

— Quand nous nous sommes retrouvés dans ce café, la dernière fois…

Alessandro s'en souvenait parfaitement. Il se souvenait même, avec une précision qui le stupéfia, de la manière dont elle était habillée : elle portait un jean très délavé, de vieilles baskets et un pull bleu trop grand pour elle, ce qui lui permettait de rentrer ses mains dans les manches.

— Je t'ai parlé de Shaun…

— Ne t'inquiète pas : je n'ai pas oublié ce moment merveilleux.

— Arrête les sarcasmes, s'il te plaît ! C'est difficile pour moi… Je suis venue parce que j'estime que je te dois encore des explications. Peux-tu les écouter ?

Il ne répondit rien.

— Il y a huit ans, je suis tombée amoureuse de toi, reprit-elle d'une voix qui tremblait un peu. Je n'aurais pas dû m'intéresser à toi et te parler, mais je l'ai fait. Tu n'as pas la moindre idée de ce que nos rencontres représentaient pour moi… J'ai eu l'impression d'être libre pour la première fois de ma vie.

Déconcerté par ce discours, Alessandro fronça les sourcils.

— Si tu comptes jouer sur la corde sensible, tu te trompes d'interlocuteur. Je me souviens très bien de ton petit discours. Tu m'as expliqué que Shaun était le grand amour de ta vie, que tu avais apprécié nos conversations, mais que tu devais y mettre un terme… Tu espérais que je ne m'étais pas fait des idées… Je me souviens parfaitement du moment où tu as agité ton alliance sous mon nez et sorti une photo de ton bien-aimé.

Elle baissa les yeux.

— Alors où veux-tu en venir ? grommela-t-il. Tu me fais perdre mon temps.

Il se serait bien servi un autre whisky, mais les paroles de Chase avaient frappé juste.

— J'ai été stupide d'épouser Shaun, murmura-t-elle, le regard dans le vide. J'étais si jeune… J'ai trouvé l'idée excitante. Enfin, pas vraiment… Shaun trouvait l'idée excitante, et j'avais compris qu'il valait mieux ne pas s'opposer à ses désirs.

— Méfie-toi : tu risques de ternir l'image de ton mariage parfait, ironisa-t-il.

— Mon mariage était loin d'être parfait ! s'insurgea Chase en soutenant son regard.

— Encore un mensonge ?

Malgré son amertume, il se surprit à avoir envie d'entendre son récit. Bien sûr, il n'était pas question de la croire sur parole… Il ne se ferait pas berner une fois de plus.

— Je ne suis pas venue te raconter de nouveaux mensonges, Alessandro, assura-t-elle, l'air sincère. Je sais que tu ne croiras sûrement pas un mot de ce que je vais te dire, mais peu importe. J'ai bien compris que tu ne me pardonnerais jamais. Si je suis là, c'est parce que j'ai besoin de tout te dire. Quand ce sera fait, je m'en irai et tu n'entendras plus parler de moi.

Elle inspira profondément avant de poursuivre.

— J'ai réfléchi à ce que tu m'as dit à propos de Shaun et je pense que tu as raison : il s'est accroché à moi parce qu'il avait compris que je pouvais l'aider à réaliser ses ambitions. Je ne m'en suis jamais rendu compte, évidemment… Quand je me suis inscrite à l'Université, j'étais complètement dépendante de lui. Mes études sont devenues ma seule raison de vivre. Nous venions d'arriver à Londres. J'avais laissé tout ce que je connaissais derrière moi… Pour le peu que ça valait ! Shaun était comme un poisson dans l'eau, dans les rues de la capitale. J'étais sa femme et il décidait de tout. Il aimait beaucoup me faire sentir qu'il était tout-puissant…

— Que veux-tu dire ?

— Qu'il me maltraitait. J'étais l'une de ces femmes misérables qui vivent dans la terreur… Pourquoi crois-tu que les pensionnaires de Beth m'inspirent autant de compassion ?

— Comment ça, il te maltraitait ?

— Physiquement, psychologiquement, affectivement..., expliqua-t-elle. Shaun était un tyran aux méthodes très variées. Il savait s'y prendre pour me faire mal sans laisser de marques... J'avais le droit d'aller en cours, évidemment, mais il m'avait interdit d'adresser la parole à qui que ce soit. Si tu savais comme j'étais soulagée de m'échapper de chez moi... La première chose que je ferai, après avoir retrouvé un emploi, sera d'écrire à mes anciens professeurs pour les remercier. Ils ont tant fait pour moi...

— Tu as dit que tu étais... amoureuse de moi. Pourquoi n'as-tu pas quitté ton mari ?

J'étais fou amoureux de toi, songea-t-il. *Je t'aurais protégée...*

Cette vérité, qu'il ne s'était jamais avouée, lui fit l'effet d'un coup de poing. Leur liaison frustrante et la manière pathétique dont elle s'était achevée l'avaient profondément marqué. Après cela, il avait pris garde de n'avoir que des relations brèves et superficielles. Voilà pourquoi il n'avait fréquenté que des femmes dont il était certain de se lasser très vite. Comme il ne se remettait pas d'avoir perdu Chase, il avait simplement renoncé à sa vie sentimentale.

Et le destin l'avait replacée sur son chemin... Il s'était convaincu qu'il voulait se venger d'elle, et l'avait soumise à un chantage. Il s'était convaincu de beaucoup de choses... pour ne pas s'avouer qu'il l'aimait encore.

— Je ne pouvais pas, répondit-elle simplement. Je n'avais plus aucune confiance en moi... Je n'avais pas la force de le quitter. Si je suis devenue farouchement indépendante, c'est parce que je ne veux plus que personne ait autant de pouvoir sur moi. Mais peu importe... Je ne suis pas venue pour justifier mon comportement, mais pour t'expliquer ce qui s'est passé. Shaun a fini par découvrir ton existence. Il a fouillé dans mon portable, et j'avais commis l'imprudence de ne pas effacer ton dernier texto. Tu m'invitais à déjeuner… Shaun est devenu fou. J'étais terrifiée… Il a menacé de nous tuer tous les deux si je ne mettais pas un terme à nos rencontres. Quand nous nous sommes retrouvés, ce jour-là, il était assis à la table voisine. Il avait décidé de ce que je devais dire et il me surveillait pour me faire passer l'envie de lui désobéir.

— Mon Dieu…, murmura Alessandro.

— Je ne pouvais rien te dire… Et je ne t'ai pas expliqué ce qui s'était passé, quand nous nous sommes revus, parce que j'avais honte de moi. Tu aurais cessé de me voir comme une femme forte et indépendante. A tes yeux, je serais devenue une de ces femmes pathétiques dont tu te moquais éperdument quand tu as voulu acheter le foyer…

Elle inspira profondément, trouva la force d'affronter le regard d'Alessandro, et fut surprise de ne pas y lire la moindre trace de mépris.

— Les choses se seraient sans doute passées autrement si nous nous étions rencontrés plus tard, reprit-elle. Quand j'ai obtenu mon diplôme et trouvé du travail, j'ai pris confiance en moi. J'aurais sûrement été capable de quitter Shaun… Mais pas à cette époque.

— Il est bien normal que tu te sois méfiée de moi, quand nous nous sommes revus : je me suis comporté comme un salaud, grommela Alessandro. Je t'ai fait chanter pour que tu couches avec moi…

— Je voulais coucher avec toi, corrigea-t-elle d'une voix ferme. Je n'aurais jamais cédé à un chantage. Comme je te l'ai dit, je ne veux plus être manipulée par personne. J'avais envie de toi et je ne regrette pas d'être devenue ta maîtresse.

— Et qu'est-il advenu de… ton amour ? demanda-t-il

d'une voix si basse qu'elle ne fut pas certaine d'avoir bien entendu.

— Je t'aime toujours, Alessandro, répondit-elle fièrement. Et je ne le regrette pas non plus. Voilà : j'ai fini.

Elle lissa sa robe pour cacher sa nervosité et voulut se lever.

— Pas si vite !

Elle tressaillit et releva la tête. L'air vulnérable qu'affichait Alessandro la troubla profondément.

— Je suis content que tu sois venue. Je suis content que tu m'aies dit la vérité. Quand nous nous sommes retrouvés…

Il se passa la main dans les cheveux et lui adressa un sourire timide qui la fit fondre.

— Tout m'est revenu d'un coup, reprit-il. J'ai été surpris de me souvenir si bien de notre histoire… Une seule chose me semblait claire : je te désirais encore. En Italie, j'ai compris que je n'avais jamais cessé de te désirer. Je m'en voulais d'être autant attiré par une femme qui m'avait trahi. Je comprends bien pourquoi tu ne m'as rien dit, mais si j'avais su…

— Ça n'aurait rien changé, soupira-t-elle.

— En un sens, c'est vrai. Tu aurais toujours été la même femme au passé difficile. Tu aurais toujours été la femme dont je suis tombé amoureux en étant trop stupide pour me l'avouer. J'ai laissé mon orgueil m'aveugler… Je t'aime, Chase.

Elle en perdit le souffle. Avait-elle bien entendu ?

— Est-ce que tu as dit…

— Que je suis amoureux de toi ? Oui. Et je n'aurais pas besoin de crier si tu te rapprochais un peu… Que fais-tu à l'autre bout du canapé ?

— Ce canapé n'est pas si grand, objecta-t-elle en glissant vers lui. Que se serait-il passé si je n'étais pas venue, ce soir ?

Elle se sentit pousser des ailes quand il la prit dans ses bras.

— Je ne t'aurais pas laissée disparaître une deuxième fois… La semaine qui vient de s'achever a été la pire de ma vie ! Je n'ai jamais autant détesté mon bureau. Je n'arrivais plus à m'intéresser à mes réunions, à mes e-mails… Je n'aurais jamais imaginé que je finirais par en savoir autant sur le foyer de Beth !

— Elle m'a dit que tu étais passé la voir, répondit-elle en posant sa tête au creux de son épaule.

— Je ne me le suis pas avoué, mais c'était pour me sentir proche de toi, confessa-t-il. Je t'aime, Chase. J'aime la femme que tu es, et j'aimais celle que tu étais il y a huit ans. Je n'imagine pas de vivre sans toi. Veux-tu m'épouser ? Dans l'heure qui vient ?

Elle éclata de rire et releva la tête.

— Dans l'heure qui vient, tu m'en demandes peut-être un peu trop… Mais oui : je veux devenir ta femme.

— Tu seras toujours à mes côtés ?

— Tu vas devoir me supporter jusqu'à la fin de nos jours ! s'exclama-t-elle.

Et cette perspective l'emplit d'une immense allégresse.

collection Azur

Ne manquez pas, dès le 1er avril

UN SI TROUBLANT PLAY-BOY, *Victoria Parker* • *N°3575*

Finn St-George… Le chouchou de la presse à scandale, l'homme le plus beau sur lequel Serena ait jamais posé les yeux… et celui auquel elle s'est juré de vouer une haine éternelle. L'égoïsme et le mode de vie dissolu de ce play-boy invétéré ne sont-ils pas en effet à l'origine du terrible accident qui a causé la mort de son frère adoré ? Depuis, Serena a tout fait pour ne pas recroiser le chemin de Finn. Aujourd'hui, hélas, elle n'a pas le choix : si elle veut honorer la mémoire de son frère et mener à bien le projet qui leur tenait tant à cœur, elle va devoir travailler en étroite collaboration avec l'odieux – et bien trop troublant – play-boy.

UNE ENVOÛTANTE INCONNUE, Robyn Donald • *N°3576*

Partager pendant six mois la vie de Joanna Forman - la dernière maîtresse de son beau-père tout juste décédé ? C'est bien la dernière chose dont Luc ait envie. Mais s'il veut garder le contrôle de l'entreprise familiale, il devra pourtant s'y résoudre : c'est écrit noir sur blanc dans le testament du vieil homme. Déterminé à se débarrasser au plus vite de cette croqueuse de diamants, Luc se rend sur la petite île polynésienne où réside la jeune femme. Mais très vite, il est forcé de constater que Joanna ne correspond en rien au portrait qu'il s'en était fait. Et plus les jours passent, plus l'idée que cette femme au charme solaire et aux courbes envoûtantes ait pu partager le lit de son beau père lui devient insupportable.

L'ARDEUR DU SOUVENIR, *Elizabeth Power* • *N°3577*

Enfant Secret

Chancelante, Magenta ne peut détourner son regard de l'homme qui vient d'entrer dans le bar où elle travaille. Andreas Visconti. Aussitôt, une certitude s'impose à elle : cet homme est le père de son fils. Hélas, depuis l'accident qui a bouleversé sa vie six ans plus tôt, Magenta n'a plus aucun souvenir de cette période et, à en juger par la franche hostilité qu'elle lit dans le regard d'Andreas, elle ne peut qu'imaginer que leur relation s'est mal terminée. Pour Magenta, la tentation est forte de fuir la confrontation, mais c'est sa seule chance de découvrir ce qui s'est passé. Pourquoi cet homme, dont elle a l'intuition qu'il a été l'amour de sa vie, la hait-il ? Et, surtout, pourquoi semble-t-il ignorer qu'il est le père de Theo ?

UNE IRRÉSISTIBLE FASCINATION, Lucy King • N°3578

Quand elle apprend que Marcus Black sera son cavalier pour le mariage de son frère, Célia est atterrée. Malgré les années, elle n'a jamais oublié l'humiliation cuisante qu'il lui a infligée le soir où il a tenté de la séduire dans le seul but de gagner un pari. Jeune, naïve, subjuguée par son charisme, elle a été si proche, alors, de céder au désir fou que cet homme a toujours éveillé en elle… Mais, cette fois, elle compte bien lui montrer tout le mépris qu'il lui inspire. Hélas, à peine croise-t-elle son regard que Célia sent, comme toujours, un trouble intense l'envahir. Et si ce mariage était au contraire l'occasion de faire une folie ? Et de prouver à Marcus qu'elle n'a plus *rien* de la jeune fille timide d'autrefois...

L'ÉPOUSE RÉVOLTÉE, Michelle Smart • N°3579

Quand la haute silhouette de l'homme qui est encore son époux de dresse devant elle, Grace sent une profonde angoisse l'envahir. Que fait Luca Mastrangelo chez elle, dans cette maison perdue de la campagne anglaise où elle s'est réfugiée pour lui échapper ? Terrifiée, Grace sait qu'elle doit pourtant garder son calme et tout faire pour que Luca reparte de chez elle avant qu'il ne découvre la véritable raison de sa fuite : leur petite Lily d'à peine trois mois, qui dort à l'étage. Leur fille qu'elle s'est juré de protéger des mensonges de cet homme qu'elle croyait connaître, et d'élever aussi loin que possible de la puissante et dangereuse famille Mastrangelo...

UNE TENTATION DÉFENDUE , Carole Mortimer • N°3580

Une vie monotone et, surtout, sans surprise : c'est tout ce à quoi Elizabeth aspire après une enfance particulièrement chaotique. Voilà la raison pour laquelle elle a accepté de passer l'été dans un manoir retiré de la campagne anglaise, pour faire l'inventaire de la bibliothèque d'un vieux milliardaire. Ce qu'elle n'avait pas prévu, c'est qu'elle serait contrainte de cohabiter avec le fils de ce dernier, le très troublant Rogan Sullivan. Un homme au charme ténébreux qui éveille en elle un feu qu'elle devine bien trop dangereux...

LA BRÛLURE DU DÉSERT, Lynne Graham • N°3581

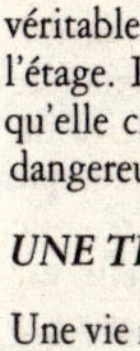

Le jour où le cheikh Raja al-Somari fait irruption dans son bureau londonien en lui annonçant qu'en tant qu'unique héritière de la couronne d'Ashur, elle seule peut assurer la paix entre leurs deux Etats en acceptant de l'épouser, Ruby est furieuse. Comment ose-t-il exiger d'elle un tel sacrifice alors que sa famille paternelle n'a pas hésité à les rejeter, sa mère et elle, lorsque son père a pris une seconde épouse ? Mais peut-elle condamner tout un peuple par égoïsme ? Non. Elle épousera donc Raja, mais à une seule condition : que leur mariage de convenance demeure platonique. Car cet homme éveille en elle un trouble bien trop puissant, et s'il y a une chose que sa triste histoire familiale lui a appris, c'est à ne pas croire aux contes de fées...

LE DESTIN D'UNE HÉRITIÈRE, Maisey Yates • *N°3582*

- la fierté des sœurs Holt - 1ère partie

D'aussi loin qu'elle s'en souvienne, Leah a toujours vécu dans l'ombre de sa sœur aînée, si belle, si sage, si parfaite. Mais lorsque cette dernière disparaît le jour de son mariage – des noces qui devaient assurer l'avenir de l'entreprise familiale –, Leah n'a d'autre choix que de prendre sa place et d'épouser Andreas Kouros. L'homme destiné à sa sœur, celui qu'elle a aimé en silence pendant tant d'années... et qui n'a jamais vu en elle qu'une enfant dissipée et sans intérêt. Leah est bouleversée. Car, elle le sait : elle prend un risque insensé en liant aujourd'hui son destin à cet homme dont la froideur et l'indifférence lui ont autrefois brisé le cœur...

UN INCORRIGIBLE SÉDUCTEUR, Emma Darcy • *N°3583*

- Secrets australiens - 1ère partie

Play-boy inconstant et charmeur, Harry Finn, le frère de son patron, représente tout ce qu'Elizabeth déteste. Aussi, quand il lui demande de venir travailler avec lui pendant un mois, en tant que directrice du complexe hôtelier que le groupe Finn possède sur une île paradisiaque du Pacifique, Elizabeth décide-t-elle de refuser. Mais, très vite, elle se demande si elle n'a pas eu tort. A tout juste trente ans, elle est douloureusement consciente qu'elle a besoin d'un important changement dans sa vie. N'est-ce pas justement l'occasion qu'elle attendait ? Et qu'importe si cela signifie aussi supporter cet homme odieux qui semble s'être donné pour mission de la provoquer en permanence...

ENCEINTE DU CHEIKH, Lynn Raye Harris • *N°3584*

- La couronne de Kyr - 2ème partie

Hors d'elle, Sheridan voit défiler sous ses yeux les buildings de son Atlanta natal. Dire que quelques semaines plus tôt, elle menait encore une vie parfaitement normale, entre sa petite entreprise d'événementiel, ses amis et sa famille aimante ! Mais aujourd'hui... elle porte en elle l'enfant du roi de Kyr, et Rashid al-Hassan s'est montré intraitable : son héritier sera élevé dans son pays, avec ou sans elle. Quand, furieuse et bouleversée, elle a refusé net, il n'a pas hésité à l'emmener de force jusqu'au jet privé qui les attendait. Et la voilà désormais dans cet avion en partance pour l'inconnu, captive d'un homme impitoyable et troublant...

Attention, numérotation des livres différente pour le Canada : numéros 1984 à 2001.

A paraître le 1er mars

Best-Sellers n°633 • suspense

Les démons du passé - Heather Graham

Le musée Tarleton-Dandridge. Une somptueuse demeure du dix-huitième siècle chargée d'histoire… et de secrets. Qui, deux jours plus tôt, s'est caché dans ce sinueux manoir niché au cœur de Philadelphie pour y assassiner Julian Mitchell, l'un des guides, en lui transperçant la gorge d'une baïonnette ? C'est la question qui obsède l'agent Tyler Montague, envoyé sur place par le FBI pour enquêter sur l'affaire. Une question à laquelle il doit trouver une réponse, et vite, car le meurtrier va frapper de nouveau, il en est persuadé. Voilà pourquoi il doit à tout prix s'assurer la collaboration de la séduisante Allison Leigh, la responsable du musée – la seule à en connaître tous les mystères. Seulement voilà, en état de choc depuis qu'elle a découvert le cadavre de son collègue et ami, Allison se montre plus que réticente à l'idée de lui parler. Tout en refusant de reconnaître que, comme lui, elle possède le don étrange et unique de dialoguer avec les morts…

Best-Sellers n°634 • suspense

La vengeance en plein cœur - Laura Caldwell

Alors qu'elle s'apprête à faire un break dans son activité de détective privé pour redevenir avocate à temps plein, Izzy McNeil se laisse convaincre par un ami d'aider la célèbre galeriste Madeline Saga, victime de harcèlement : pendant quelques semaines, elle se fera passer pour son assistante. Pour la protéger, mais aussi pour découvrir qui lui en veut assez pour lui avoir dérobé de précieux tableaux et les avoir remplacés par des copies. Afin de l'aider à percer le mystère opaque qui entoure Madeline, Izzy ne peut compter que sur l'inspecteur Vaughn. Une collaboration qui lui aurait paru stupéfiante quelque temps plus tôt, tant leurs relations sont tendues, mais qui aujourd'hui la rassure… et la trouble.
Au cœur de Chicago, la belle Izzy va devoir percer les secrets de ce monde de l'art tout en faux-semblants, et pour cela flirter avec le danger…

Best-Sellers n°635 • suspense

Le souffle de la peur - Lori Foster

Punir le meurtrier de son meilleur ami, c'est l'obsession de Logan Riske. Et pour cela, il est prêt à employer tous les moyens, y compris changer d'identité et s'installer dans l'appartement voisin de celui de Pepper Yates, la sœur de l'unique témoin du meurtre. Son but : approcher la jeune femme, lui inspirer confiance, et même la séduire s'il le faut, pour la convaincre de l'aider.
Mais face à Pepper, au charme étrange de la jeune femme, son audace sensuelle mais aussi à la peur intense qu'il devine en elle, Logan se sent bientôt déchiré entre sa mission et ses sentiments. Des sentiments qui ne font que s'amplifier quand il apprend que Pepper est elle aussi à présent directement menacée.

Best-Sellers n°636 • historique

Sur ordre royal - Margaret Moore

Pays de Galles, 1205.

Promise par le roi à un ténébreux seigneur gallois ! A cette pensée, lady Roslynn de Were se révolte, et redoute de rencontrer celui que l'on décrit comme un barbare sans foi ni loi. Mais après la trahison dont s'est rendu coupable son époux disparu, elle ne songe pas un instant à s'opposer aux ordres du roi. Et si cette alliance ne peut lui apporter l'amour auquel elle aspire, elle lui permettra au moins de s'éloigner de la cour, où Roslynn subit les pires humiliations depuis la mort de son mari. Aussi, en dépit de ses réticences, accepte-t-elle de se rendre au manoir de Llanpowell pour s'offrir au sombre Madoc. Mais alors qu'elle pensait que le guerrier accepterait sans hésiter sa main, et sa fortune, elle a la surprise de découvrir que ce mariage lui déplaît au moins autant qu'à elle : Madoc refuse catégoriquement de prendre pour épouse une femme choisie par un autre… et une Normande qui plus est ! Désespérée à l'idée de retourner auprès du roi, Roslynn décide de tout faire pour séduire l'ombrageux guerrier…

Best-Sellers n°637 • historique

Promise à un baron - Kasey Michaels

Londres, 1816

« Je vous ai trouvé une épouse. » Devant le regard insistant du régent, Justin Wilde sait qu'il ne peut refuser. Pourtant, après un mariage désastreux avec une femme coquette et volage, il s'était juré de ne plus retomber dans le piège du mariage. Mais s'il veut enterrer pour de bon la fâcheuse affaire de duel qui l'a contraint à l'exil pendant des années, Justin sait qu'il doit accepter les conditions du régent. D'ailleurs, cette lady Magdaléna qu'on lui donne pour fiancée n'a rien de la mondaine capricieuse qu'il pouvait redouter : avec son visage d'ange et son teint d'albâtre, cette pupille du roi d'Autriche surpasse en beauté toutes les femmes qu'il a pu côtoyer… Mais bientôt, il comprend que ce mariage est un redoutable piège fomenté par le régent : sa promise n'est autre que la nièce de l'homme qu'il a tué en duel, huit ans plus tôt ! Un terrible secret qu'il devra lui cacher à tout prix...

Best-Sellers n°638 • thriller

Instincts criminels - Andrea Kane

Pour sauver son enfant, elle est prête à tout. Même à défier la mort…

Les Forensic Instincts : des profilers new-yorkais hors normes, capables de résoudre les énigmes les plus obscures et les plus périlleuses. Des enquêteurs à la personnalité complexe et atypique, parfois tourmentés par leur passé, mais qui puisent justement dans leur singularité — et leurs cauchemars les plus noirs —, les ressources et l'intuition nécessaires à la résolution des affaires qui leur sont confiées.Aujourd'hui, ils sont le dernier espoir d'Amanda Gleason, une jeune femme persuadée que l'homme qu'elle aimait et qu'elle croyait mort depuis huit mois est en réalité bien vivant : Paul Everett. Le père de son bébé. Et le seul à pouvoir sauver ce dernier, gravement malade.

A leur côté, Amanda va se lancer dans une course contre la montre, folle et terrible, et se retrouver confrontée à la violence et à la corruption du crime organisé, ainsi qu'aux sombres secrets du FBI…

Composé et édité par HARLEQUIN

Achevé d'imprimer en février 2015

BLACK PRINT

Barcelone

Dépôt légal : mars 2015

Pour l'éditeur, le principe est d'utiliser des papiers composés de fibres naturelles, renouvelables, recyclables, et fabriquées à partir de bois issus de forêts qui adoptent un système d'aménagement durable. En outre, l'éditeur attend de ses fournisseurs de papier qu'ils s'inscrivent dans une démarche de certification environnementale reconnue.

Imprimé en Espagne